Crows Can't Count

新編賈氏妙探

之10 鑽石的殺機

賈德諾 Erle Stanley Gardner 著 周辛南 譯

目錄
Contents

Crows Can't Count

/ 目錄 /
Contents

出版序言

關於「妙探奇案系列」

當代美國偵探小說的大師，毫無疑問，應屬以「梅森探案」系列轟動了世界文壇的賈德諾（E. Stanley Gardner）最具代表性。但事實上，「梅森探案」並不是賈氏最引以為傲的作品，因為賈氏本人曾一再強調：「妙探奇案系列」才是他以神來之筆創作的偵探小說巔峰成果。「妙探奇案系列」中的男女主角賴唐諾與柯白莎，委實是妙不可言的人物，極具趣味感、現代感與人性色彩；而每一本故事又都高潮迭起，絲絲入扣，讓人讀來愛不忍釋，堪稱是別開生面的偵探傑作。

任何人只要讀了「妙探奇案」系列其中的一本，無不急於想要找其他各本，以求得窺全貌。這不僅因為作者在每一本中都有出神入化的情節推演，而且也因為書中主角賴唐諾與柯白莎是如此可愛的人物，使人無法不把他們當作知心的、親近的朋友。「梅森探案」共有八十五部，篇幅浩繁，忙碌的現代讀者未必有暇遍覽全集。而「妙探奇案系列」共為廿九部，再加一部偵探創作，恰可構成一個完整而又連貫的「小全集」。每一部故事獨立，佈局迥異；但人物性格卻鮮明生動，層層發展，是最適合現代讀者品味的一個偵探系列。雖然，由於賈氏作品的背景係二次大戰後的美國，與當今年代已略有時間差異；但透過這一系列，讀者仍將猶如置身美國社會，飽覽美國的風土人情。

本社這次推出的「妙探奇案系列」，是依照撰寫的順序，有計劃的將賈氏廿九本作品全部出版，並加入一部偵探創作，目的在展示本系列的完整性與發展性。全系列包括：

①來勢洶洶 ②險中取勝 ③黃金的秘密 ④拉斯維加，錢來了 ⑤一翻兩瞪眼 ⑥變！失踪的女人 ⑦變色的色誘 ⑧黑夜中的貓群 ⑨約會的老地方 ⑩鑽石的殺機 ⑪給她點毒藥吃 ⑫都是勾搭惹的禍 ⑬億萬富翁的歧途 ⑭女人等不及了 ⑮曲線美與痴情郎 ⑯欺人太甚 ⑰見不得人的隱私 ⑱探險家的嬌妻 ⑲富貴險中求 ⑳女人豈是好惹的 ㉑寂寞的單身漢 ㉒躲在暗處的女人 ㉓財色之間 ㉔女秘書的秘密 ㉕老千計，狀元才 ㉖金屋藏嬌的煩惱 ㉗迷人的寡婦 ㉘巨款的誘惑 ㉙逼出來的真相 ㉚最後一張牌。

本系列作品的譯者周辛南為國內知名的醫師，業餘興趣是閱讀與蒐集各國文壇上高水準的偵探作品，對賈德諾的著作尤其鑽研深入，推崇備至。他的譯文生動活潑，俏皮切景，使人讀來猶如親歷其境，忍俊不禁，一掃既往偵探小說給人的冗長、沉悶之感。因此，名著名譯，交互輝映，給讀者帶來莫大的喜悅！

譯序

美國有史以來最好的偵探小說

周辛南

賈氏「妙探奇案系列」，（Bertha Cool—Donald Lanm Mystery）第一部《來勢洶洶》在美國出版的時候，作者用的筆名是「費爾」（A. A. Fair）。幾個月之後，引起了美國律師界、司法界極大的震動。因為作者大膽的在小說裡寫出了一個方法，顯示美國人在現行的美國法律下，可以在謀殺一個人之後，利用法律上的漏洞，使司法人員對他無計可施，只好讓他逍遙法外。

於是「妙探奇案系列」轟動了美國的出版界、讀書界和法律界，到處有人打聽這個「費爾」究竟是何方神聖？

作者終於曝光了，原來「費爾」就是名作家賈德諾的另一個筆名。史丹利．賈德諾（Erle Stanley Gardner）是美國當代最著名的作家之一。他本身是法學院畢業的律師，早期執業於舊金山，曾立志為在美國的少數民族作法律辯護，包括較早期的中國移民在內。律師生涯平淡無奇，倒是發表了幾篇以法律為背景的偵探短篇頗受歡迎。於是改寫長篇偵探推理小說，創造了一個五、六十年來全國家喻戶曉，全世界一半以上國家有譯本的主角

——梅森律師。

由於「梅森探案」的成功，賈德諾索性放棄律師工作，專心寫作，終於成為美國有史以來第一個最出名的偵探推理作家，著作等身，已出版的一百多部小說，估計售出七億多冊，為他自己帶來巨大的財富，也給全世界喜好偵探、推理的讀者帶來無限樂趣。

賈德諾與英國最著名的偵探推理作家阿嘉沙．克莉絲蒂是同時代人物，都活到七十多歲，都是學有專長，一般常識非常豐富的專業偵探推理小說家。

賈德諾因為本身是律師，精通法律。當辯護律師的幾年又使他對法庭技巧嫻熟，所以除了早期的短篇小說外，他的長篇小說分為三個系列：

一、以律師派瑞．梅森為主角的「梅森探案」；

二、以地方檢察官Doug Selby為主角的「DA系列」；

三、以私家偵探柯白莎和賴唐諾為主角的「妙探奇案系列」；

以上三個系列中以地方檢察官為主角的共有九部。以私家偵探為主角的有二十九部，梅森探案有八十五部，其中三部為短篇。

梅森律師對美國人影響很大，有如當年英國的福爾摩斯。「梅森探案」的電視影集，台灣曾上過晚間電視節目，由「輪椅神探」同一主角演派瑞．梅森。

研究賈德諾著作過程中，任何人都會覺得應該先介紹他的「妙探奇案系列」。讀者只要看上其中一本，無不急於找第二本來看，書中的主角是如此的活躍於紙上，印在每個讀者的心裡。每一部都是作者精心的佈局，根本不用科學儀器、秘密武器，但緊張處令人透不過氣來，全靠主角賴唐諾出奇好頭腦的推理能力，層層分析。而且，這個系列不像某些懸疑小說，線索很多，疑犯很多，讀者早已知道最不可能的人才是壞人，以致看到最後一章時，反而沒有興趣去看他長篇的解釋了。

美國書評家說：「賈德諾所創造的妙探奇案系列，是美國有史以來最好的偵探小說。單就一件事就十分難得——柯白莎和賴唐諾真是絕配！」

他們絕不是俊男美女配：

柯白莎：女，六十餘歲，一百六十五磅，依賴唐諾形容她像一捆用來做籬笆，帶刺的鐵絲網。

賴唐諾：不像想像中私家偵探體型，柯白莎說他掉在水裡撈起來，連衣服帶水不到一百三十磅。洛杉磯總局兇殺組宓警官叫他小不點。柯白莎叫法不同，她常說：「這小雜種沒有別的，他可真有頭腦。」

他們絕不是紳士淑女配：

柯白莎一點沒有淑女樣，她不講究衣著，講究舒服。她不在乎別人怎麼說，我行我素，也不在乎體重，不能不吃。她說話的時候離開淑女更遠，奇怪的詞彙層出不窮，會令淑女嚇一跳。她經常的口頭禪是：「她奶奶的。」

賴唐諾是法學院畢業，不務正業做私家偵探。靠精通法律常識，老在法律邊緣薄冰上溜來溜去。溜得合夥人怕怕，警察恨恨。他的優點是從不說謊，對當事人永遠忠心。

他們也不是志同道合的配合，白莎一直對賴唐諾恨得牙癢癢的。

他們很多地方看法是完全相反的，例如對經濟金錢的看法，對女人——尤其美女的看法，對女秘書的看法——

但是他們還是絕配！

賈氏「妙探奇案系列」，為筆者在美多年收集，並窮三年時間全部譯出，全套共三十冊，希望能讓喜歡推理小說的讀者看個過癮。

第一章　翡翠墜飾

坐在柯白莎辦公室對面椅子上的男人，看起來他不喜歡這辦公室的氣味。他有點像是一個有錢人來到貧民窟探險。

我站進她辦公室時，白莎向我露出笑容。那男人看向我。顯然他心裡已經有了會看到不合他心意的東西，所以，看到我後，倒也沒有改變心意的必要。

白莎使出她全身解數，我心裡有數，她和客人之間價碼尚未談妥。

「夏先生，這位是我的合夥人賴唐諾。別瞧他沒有什麼肌肉，他的腦子是無可比擬的。唐諾，這位是夏合利先生。夏先生是南美洲來的礦業鉅子，他要我們替他辦件事。」

白莎在她的迴旋椅裡調整一下她的姿勢，弄得椅子吱咯吱咯地叫了幾下。她的臉仍在微笑，只是她的眼神送了一個消息給我，她有點灰頭土臉，需要我支援。

我坐下來。

夏合利看著我，他說：「我不想做的事。」

我不吭氣。

夏合利繼續說道：「去做這種事，我自己都覺得自己像是有偷窺狂了。」說這些話的時候，他一點不高興也沒有。他的語調倒像一個人說：「盤子裡只剩一塊派了。我拿了不太好意思吧。」說完了他就把這塊派給下肚了。

白莎想要說什麼，我用眼光把她阻止住。

一陣子，全室沒有聲音。白莎受不了這種壓力。她不管我向她皺起來的眉頭，快速地吸進一口氣，她出口道：「其實，我們在這裡，目的不就是為這種事嗎？」

「你在這裡，才這樣。」他說。語調中，一點也不掩飾他對白莎的輕視。他說：「我是在為我自己設想。」

「這樣才對。」我說。

這句話使他把頭轉過來看向我，有如有一根彈簧在作用一樣。他看向我，稍露一下禮貌上的興趣，其實像是在對付推銷員，等他說要說的推銷詞。

我不搭腔，房間裡靜得只聽到白莎蠕動時，她座椅發出來的吱咯吱咯的聲音。

夏合利不再看白莎——他改成只向我看。他說：「我向你合夥人柯太太已經解釋過。我也應該把重點給你提一下，我是一位已過世的侯珊瑚女士兩個遺囑信託人之一。侯女士財產在她死後由兩個人來執行：我和另一位麥洛伯先生。遺囑的繼承人是羅秀蘭和霍勞普。遺囑的種類是我們稱他『任意揮霍者的遺囑託付』。不知道你對這種法律名詞，能不能瞭解？」

「能。」我說。

白莎又插嘴了，「賴唐諾是學法律的，也做過律師。」

「那他為什麼不做律師？」夏合利問。

白莎準備說什麼，但是她突然咳起嗽來。

我說：「我突發奇想，我們的法律是有漏洞的，人可以殺了人，不用抵罪。」

夏合利藐視地說：「你是說找不到屍體這一套……？」

「不是那樣膚淺的。」我說：「這是一件藝術精品。很多單位不喜歡我這種看法。」

夏合利看著我，「行得通嗎？」他問。

「行得通。」

他的語調現出了有興趣，也尊敬了不少。他說：「總有一天，為這件事我要找你談談。」

我搖搖頭：「後來我知道，事實上沒有什麼意思，律師公會也不喜歡。」（詳見第一集《來勢洶洶》）

夏合利瞅著看我，有一陣不說話。然後重拾話題，他解釋道：「遺囑條文規定，信託人可以全權處理，由他們來決定給繼承人多少錢，直到信託時間結束為止。所謂信託時間結束，是指兩位繼承人中較年輕的一個也到了廿五歲整了。到那個時候，這筆遺產尚剩下來的就分成平均的兩份，分給這兩個繼承人。」

他停止說話，一時辦公室靜悄悄，無人開口。

夏合利假慇勤地說：「這種遺囑。使我們兩位信託人責任非常重大，又很難討好。」

「遺下的財產，有多少呢？」白莎發亮的豬眼滾圓地閃爍著，貪婪地問。

姓夏的根本連頭也不回一下，「這件事和今天的主題毫無關係。」他向空說著。

白莎的迴轉椅刺耳地發出一下高音調的聲音來。

我問夏合利：「什麼又和今天的主題有關呢？」

「我要你們替我做一件事。」

「什麼事？」

夏合利挪動一下改變了坐姿。「是件我自己不願做的事。」他重複地說，等著我來催他說出來。

我就是不去問他。

白莎把身體向前湊，椅子又發出不悅耳的吱咯聲。我向她示意，她坐回椅子裡去。

夏合利道：「我一定先得把有關人員告訴你，如此你才能瞭解我的境況。

「侯珊瑚是一位有錢的女士。她死了，但是並沒有親近的後代。羅秀蘭，是她已死堂親的女兒。當秀蘭的母親死亡時，侯珊瑚把她帶到家中來領養，但是，沒有多少個月，侯珊瑚自己也死了。霍勞普，可和她一點關係也沒有。他只是她一個極好朋友的兒子。他的父親比侯珊瑚女士早死了一年多。」

夏合利自顯重要地清清喉嚨，「霍勞普，」他說，像是在給他下個斷語似地：「是一個個性未定的年輕人。他有些野。此外，他固執，不合作，多疑，又易怒。我想他也是故意如此的。」

「賭？」

「當然，當然。」

「那是要花錢的。」

「是的。」

「你們供應他嗎？」

「我們絕對不供應他，賴先生！我們只給霍勞普一點點有限的生活費。事實上，比起遺囑的本金來，我們給他的真正是有名無實的一點點小錢而已。」

「羅小姐呢？」

夏合利的臉色變溫和了。「羅小姐，」他說：「正好相反，是個非常自制、自愛、可人、漂亮的年輕女孩。自己很有理財的能力。」

「金髮還是褐髮的？」

「褐髮的，你問這個為什麼？」

「好奇而已。」

他把掃帚眉抬高了看我，我回敬他一張無表情的撲克臉。

夏合利道：「她的髮膚顏色和這件事無關。我們也曾經相商，要對霍勞普大方一點。有那麼大一筆本來他可以享用的本金，但是我們死命不給他，我們也覺得很痛心的。」

「但是，」我說：「他的生活方式，實在需要太多的錢才能維護，所以不論他自哪裡弄來多少錢，他都會立即投資到賭博上去，對嗎？」

夏合利把他的左手手指逐個和右手手指對起來，很小聲地說道：「霍勞普是個特別的個性組合。當我們拒絕給他他要求的數目時，他借了錢成立了一個自己的事業——汽車的板金工作。」

「生意做得好嗎？」

「沒有人知道。我自己也很想查清楚，但是不得其門而入。反正我也懷疑他會有成功的可能。他不是會成功那一型的。他脾氣不好，他反社會。」

夏合利轉向柯白莎，自己懊惱地說：「我真不懂，我為什麼要來找你們這一行。」

柯白莎向他笑笑，「找私家偵探就像前往一個土耳其浴室。沒有幹過的人，感到不好意思，幹過一次兩次，懂得了他的好處，他就……」

她點點頭，微笑著，讓夏合利自己去體會下面的字句。

夏合利道：「有一些消息，我不能沒有。而我自己又沒有任何方法可獲得。」

「我們開了店就是幹這個的。」白莎低哼道。

夏合利道：「羅秀蘭也有困擾的地方——當然是另外一種的。要知道，遺囑條文裡，我們的權力是說了就算的。隨便哪一位繼承的受益人，我們認為合適給多少錢，就給多少錢。也可以任何一位，說不給，一毛也不給。而另一位可以一個月給一萬。當然，長時期這樣給，就打破了平衡。兩個人中有一個，就得到了多得多。」

「一年多了一萬二。」我說。

「喔！我不過舉一個例子，數目不表示什麼。」

「我也是說說而已。」我說。

「那好，反正，你現在知道了情況了。」

我點點頭。

「羅秀蘭是一個有主見，有原則，有說服力的女孩子。她拒絕接受我們給她比我們給霍勞普多的錢。她堅持霍勞普拿多少，她拿多少。你可以猜得到，這一下我們相當受窘。」

白莎不信地問道：「你是說，給她錢她也不要？」

「正是如此。」

「我不懂。」白莎道。

「我也不明白。」夏合利道：「然而，這是她的態度。顯然她不願占另一位繼承人的便宜——她認為全部遺產應該分成兩個等分。雖然我們有權在最後到期之前先把錢不平均地分出一點，但是到最後，這筆錢還是要兩等分的。」

「什麼時候？」

「當他們兩位已經到了廿五足歲之後，或是因其他原因信託中止。」

「所以，霍勞普有朝一日到了廿五足歲，你不把遺產剩下的二分之一給他，也不行了，是嗎？」

「那是自然的。」

「所以信託給他們的遺產剩下越多，當信託中止時，拿來分的也越多。」

「自然。」

「不過，屆時要分的話，一定是一半一半對分的，是嗎？」

「沒有錯。不過我們仍有權決定到底把現鈔給他們，還是給他們買公債。」

「還有別的選擇嗎？」

「不能。」

「但是，在信託期中，你們是有權不公平分的？」

「正是。」

「你想要什麼？」

夏合利說：「我很難把羅秀蘭用言詞正確形容給你聽。她是個個性堅強的年輕女人。」

「這一點你有說過了。」

突然，他說：「你認識牛班明嗎？」

「珠寶商牛班明？」

「是的。」

「我不認識他，但是我知道他的地方。」

「一定是貴得嚇人囉？」白莎問。

「他只做貴得嚇人東西的生意。」夏合利說：「他特別嗜好翡翠的東西。正巧，侯珊瑚所遺留下來的大部分遺產是哥倫比亞的寶石礦——你對翡翠知道多少？」

這次他看著的是白莎。白莎搖搖頭。

「翡翠，」夏合利說：「在哥倫比亞事實上是完全專賣的。世界上很多好的翡翠石來自哥倫比亞，而哥倫比亞政府完全控制其市場。包括要開出多少礦石來，要切割多少，又要賣出多少。而且不讓別人知道其內幕。沒人知道這一切決定於什麼人。保密程度極高極高。什麼人只要能瞭解內情都可以發一筆財。」

「什麼意思？」白莎貪婪地問。

「舉個例說。」夏合利道：「哥倫比亞政府已經好久沒有開採翡翠礦了。政府會說沒有這個必要。他們會說目前在手上的已經暫時夠了。事實上，假如你有門路，他們會帶你去他們的寶庫，他們說庫藏的是足夠幾年出售的量——他們覺得目前開採成本貴了，將來成本便宜或礦石漲價再說好了。」

「又怎麼樣？」白莎問。

「又怎麼樣？」夏合利解釋道：「你無法知道這是否是他們全部的翡翠庫藏。你不知道。你面對的是筆大數目，是別人要掩飾的。」

「如此說來，你是否在說侯家的遺產裡是包括了翡翠礦的——」

「絕對不是，」夏合利明確地說：「年輕人，你在自以為是了，而且有了錯誤的決議了。我們在控制和經營的，是水力開採的金礦。不在翡翠礦脈帶的附近。而只因為我在哥倫比亞有聯絡，所以我也知道翡翠的事，知道翡翠的市場。」

「這又和牛班明有什麼關聯呢？」我說。

他說：「我每過一段時間，就會下去哥倫比亞一次——反正，我在那裡有聯絡。而和我一起做信託人的麥洛伯經常不斷地來去這裡和哥倫比亞之間。他在那裡更有影響力。偶而我的消息來自我自己，也有些消息來自麥洛伯。你得知道，有的消息，這裡，那裡，東一點，西一點，人漏出來的或傳言謠言，這些只能在哥倫比亞當地才能收集到。因為牛是翡翠專家，他自然對這些更有興趣。」

「你收集來的消息，都會告訴他，是嗎？」

「倒也不見得，」夏合利道：「有的是機密的，但是他——這樣說好了，不重要的我就告訴他。我們——有的地方很親密。不過他謹慎、小心——精得像鬼。他也一定得如此。」

「你和牛班明有生意來往嗎？」

「絕對沒有。我們的關係是純友誼的。」

「你要什麼？」

他又清清喉嚨：「兩天之前，我在和牛班明聊天，自然的，話題又轉上了翡翠。姓牛的經常是故意要轉到這個話題的。他告訴我，他最近有一個翡翠墜飾準備出售，他要把翡翠重新設計，重新鑲一下。這翡翠是無瑕疵，碧得可愛的。」

他把雙腿架起，又清清喉嚨。

「說下去。」白莎道。她連呼吸都逼住了。

「牛班明給我看那個墜飾。」他說：「這墜飾我可見到過。我是說我以前看到過——我很久前看到過。那是侯珊瑚的財產之一，是她給羅秀蘭不少飾物中最特別的一件。」

「姓牛的要把那玩意兒重設計，重鑲，再賣掉？」

「再賣是一定的，重新設計再鑲一下是他自己的主意。」

「又如何？」

「又如何？」夏合利道：「我要知道，羅秀蘭為什麼要把這墜飾帶到他那裡去賣掉。假如她急需錢用，我要知道她需要多少？又是為什麼需要？」

「為什麼不直接問她呢？」

「不能呀。除非她自願來看我告訴我，我不能去問她——就是不能去問她，如此而且。然而，尚有另外一個可能性。」

「什麼？」

「有人也許利用了——嗯——給她壓力，從她那裡得來了那墜飾。」

「勒索？」

「喔！賴先生，絕對不是的！勒索是一個非常不雅的字彙，我寧可用壓力兩個字。」

「在我的字典裡，兩個字彙是差不多的。」

他什麼也沒說。

「你要我們做什麼？」白莎問。

「第一，」他說：「我要查出來，是什麼人把墜飾拿去牛班明那裡的。我想不到你有什麼辦法可以查出這件事真相來——這些大的珠寶買賣，他們保護客戶太嚴格了。第二，我要知道秀蘭為什麼需要現鈔，又她到底需要多少？」

「我怎能見到羅小姐呢？」我問。

「我會給你們介紹的。」夏合利道。

「我怎能和牛班明聯絡呢？」

「這個問題就不是我能回答的了。怕是非常困難的了。」

白莎小心地問：「能不能由我跑過他那裡去，說是我想買一個大概什麼樣子的墜飾——」

「別傻了！」夏合利打斷她說道：「牛班明絕不會把那個墜飾拿出來給你看的。即使他拿出來，他會告訴你價格和給你看保證書，他絕不會和你談珠寶來源的。柯太太，我向你保證，這一類我要的消息，絕不會是那麼容易得來的。」

白莎也清清嗓子，「我們通常投入時間前，先要收些訂金。」她說著，看向我。

夏合利道：「我不會先付鈔票的。」

「我們也不先墊款工作的。」我說。「你付五百元訂金，畫一張那翡翠墜飾的草圖給我。」

他坐著一動不動，瞅著我。

白莎把桌上鋼筆自桌上推向他。

「不必，謝了，」夏合利道：「要畫一個首飾，用鉛筆好過鋼筆。鉛筆可以畫出凹凸明暗——」

我說：「鋼筆是叫你用來簽支票的。」

第二章　大騙局

走進牛班明的店，有如走進一座大的保險庫。門是經過看不到的光線自動開啟的。我知道，一有什麼動靜，門可以被什麼按鈕一按，變得裡外都打不開。

漂亮整潔，馴順高尚的男士，帶著銳利的眼神在櫃檯後輕聲地移動。這一層樓的經理，看看我，用稍有一點不安的態度走向我。

「牛班明在嗎？」我問。

「我不能確定，也許在。今天早上我還沒見到過他。是哪一位要見他呢？」

「賴唐諾。」

「你的職業是……賴先生？」

我向他直視。「我是個偵探。」

「我看沒有錯，」他冷冷地微笑道。

「我看你錯不了。」我也冷冷地向他笑回去。

「不知能不能告訴我——」他說：「像你這種職業的人，為什麼要見牛先生？」

「能簡單點告訴你嗎？」我問。

「當然，只好簡單地說。」

我說：「我在追蹤一件首飾，是被人典賣的，我認為在你們這裡。」

「有什麼問題？」

「有點燙手。」

「能形容一下嗎？」

「不可以對你形容。」

「等一下，」他說：「你就等在這裡。」

他的意思還是真叫我在現在站的地方來等。

我點上一支菸。這一層樓的經理輕輕地走向電話。拿起電話，說了些什麼，等一下又交談了什麼，自一扇門走向後面的部份。兩分鐘後，他走了回來。「牛先生可以見你——希望你簡短一些。」

我跟了他經過一座很闊的樓梯，一條很短的走廊，經過一個外辦公室，有女郎們在辦公室打字，然後來到天花板上日光燈照耀十分明朗的內辦公室。柔軟的地毯，寬大的沙發，這裡可說是豪華舒適。

桃花心木大辦公桌後坐著的男人，怒氣地看向我，像是看一個有痲瘋病的收帳員。

「我姓牛。」他說。

「我姓賴。」我說。

「有證明文件嗎？」

我把私家偵探執業證件給他看。

「想要什麼？」他問。

「一個翡翠墜飾。」

他臉無表情地說：「形容一下。」

我自口袋取出夏合利畫給我們那張素描，把它鋪在他桌子上。

他拿起素描，看了一眼，抬頭凝視著我，他說：「這一類事多半由警方出面，循常規路線的。」

我說：「這件事不是常規的。」

他回頭去看素描。過了半晌，他說：「我這房子裡沒有一件像這樣的東西。你為什麼會找到我的？」

「我認為你是翡翠專家。」

「某種範圍內，我是專家。但是我沒有這樣的東西。我也沒有見過這樣的東西。」

我伸手去拿素描。

他猶豫了一下，還是交回了給我。

「你說這玩意兒是燙手貨？」

「是的。」

「也許你可以告訴我怎麼回事？」

「東西不在你這裡，又何必多此一舉？」

「有可能以後有人拿到這裡來。」

「萬一真出現，你報警好了。」

「我自己負責後果？」

「我負責好了。」

「我倒願意置身事外。當然，假如警方經過正常的通報方式，另當別論。我想你已經報警了吧，賴先生。」

我把素描對摺，放進口袋。「我的雇主，目前尚還沒有報警。」

「賴先生，假如你對我坦白一些——假如你把詳情告訴我——也許我可以給你一些有用的建議。」

「假如墜飾不在你這裡，你有再好的建議也沒有用。」

「不在我這裡。」他重申立場。

「打擾了，牛先生。」

「再見，賴先生。」

我離開辦公室，自己走下樓。隱形的光線，替我把通往人行道的門打開。我走出來，感到背後每一位推銷員都用敵視的眼光在看我。

柯白莎在拐角處候著我。她全身披掛著她最好的皮貨和鑽石，但也有些緊張。我們等候了一陣子，我說：「好了，白莎，現在起由你出馬了。記住，不論什麼人向樓上走。你要給我訊號。」

白莎把自己自公司車中擠出來。

「最重要的，」我警告她：「不要讓他們看出你在拖延時間。你做出不容易取悅的樣子，就可以了。要知道這些店員見多識廣了。一點小的錯，他們就把你認出來了。」

「他們認不出我的。」白莎說：「敢對我無禮，我一個個擺平他們。」

她大步邁向珠寶店方向。我把車開向我可以清楚觀察珠寶店入口的位置，我把車停妥，開始等待。

白莎進去了足足十分鐘之後，一個男人進入店門。我一直在想應該是一個女人。但是這個男人幾乎標明了就是我想像中的人。

幾分鐘後白莎出來了，她自皮包中拿出一塊手絹擦了一下鼻子。

我把公司車引擎打著。

我又等了十分鐘，我等候的那個男人才自店裡出來。看樣子他有不少要擔心的事在心裡。他想找輛計程車，但是沒找到。他決定走路。他從來也沒有想要回頭望望。我跟了他來到他的辦公室。他的名字叫邱倍德。辦公室門上寫著，他是個投資經紀人。

我站在走廊上等候。二十分鐘後，一位穿著很體面的五十歲左右男人進來，一看就知道在他那圈子裡，他是知名之士。他全身散發著自信的味道。他離開的時候，我跟蹤他到他的車旁。那是一輛大的藍色別克車。牌照號四E四七〇四。我本來可以跟蹤他下去。我沒有，我並不認為有此必要，更不必去冒這個險，我不相信他這種人會開偷來的車子。我回自己辦公室，找熟人查汽車牌照。

汽車車主麥洛伯，格烈斯路二九〇四號，這名字我聽到過。他是侯珊瑚遺產兩個信託人中，夏合利以外另一個信託人。

這件事自各方看來，都是個大騙局。

第三章　賣出墜飾的人

向法院一查，有關侯珊瑚遺囑就清清楚楚了。遺囑已經過認證，所以條文可以實施。夏合利和麥洛伯是指定的兩個信託人。遺囑有關信託部份的內容大致和夏合利所簡述相同。唯獨有一點夏合利並未述及，兩位信託人雖有權作主在信託中止前全權處理，但是兩位信託人如果在最小的一個滿廿五足歲前都先後死亡，信託也就自然中止。

我一路開車回去，一路在腦中拚命的思索研究。

卜愛茜在我進門時停了一下打字，看我一下，向我笑一下。

「白莎在？」我問。一面用頭向白莎的辦公室方向指一下。

愛茜點點頭。

「有人在裡面嗎？」

「那個新客戶。」

「姓夏的？」

「是的。」

「他回來幹什麼？」我問。

「我怎麼會知道。」她說：「他二十分鐘之前來的。白莎正好中午用飯在外，他等了一下。」

「他有要緊事？」

「也許。」

我說：「看來我自己過去好了。別忙壞身體了，愛茜。」

她大笑道：「自從上次你一定要給我加薪後，白莎看到我出去上廁所都會兩眼冒火。」

「別太在意她。」我告訴愛茜。「她那鋼筋水泥的外殼裡面，倒有一顆黃金的良心。」

我打開白莎的私人辦公室門，走進去。

現在，白莎已經收過費用，所以她臉上沒有笑容。她和夏合利的談話既直爽，也一語中的。我可以看到她臉有些紅。

我開門進去的時候，白莎停住在一句話的當中。

她說：「好了，他不是來了嗎？你問他好了。」

「我當然要問他。」夏合利說。

我用腳跟把門踢上，我說：「問吧。」

「你向牛班明胡說了些什麼？」夏合利指責道。

「又有什麼不對了？」

「牛班明打電話給我，他非常不高興。他問我有沒有對任何人提起過他給我看的翡翠墜飾。」

「你怎麼回他？」

「我告訴他，我絕對沒有。」

「那不就結了。」我說。

「我認為是你做了什麼鬼事，使他問出這問題來。」

我說：「我已經找出來，什麼人把墜飾賣給他的了。」

夏合利看向我，他的額頭皺成兩條直的線條。「你找出什麼？」

「找出什麼人把墜飾賣給他的。」

「不可能的，在這一種店裡，這是沒有可能的——」

我說：「那個人的名字叫麥洛伯。」

「老天！你瘋了？」

我說：「麥洛伯是經由一位投資經紀人辦成的，那經紀人叫邱倍德。」

「天！你怎樣得到這些的？」夏合利問道。

柯白莎乾脆地說：「你以為我們怎樣能得到的，坐辦公室裡聊聊天呀？」

夏合利道：「你們要知道，你們說的都不是這回事。首先，我是知道牛班明能力和名譽的。我知道他教條，知道他做事方法。他絕對不會背叛那位出售墜飾給他的人，而把他名字說出來的。當然，像牛班明那種一流的珠寶店，就像市內一流的典當店一樣，不能保密賣主的名字，將來怎能再做生意。第一，麥洛伯和我一樣是個信託人。我和他私交極好有多年了。沒有和我商量，我深知他不會做出這種事來的。第二，羅秀蘭非常喜歡我，她什麼事都會對我深信不疑。我就像她的親戚。她叫我合利叔，即使我是她真叔叔，我們也不可能更親近了。她對洛伯倒不見得怎麼樣——倒不是她不喜歡他，而是沒有彼此瞭解和共鳴。假如秀蘭要人幫忙，她當然會找我。」

我說：「你說你會把她介紹給我，什麼時候辦？」

「一定得讓我先見了洛伯再說。我要向他攤牌——豈有此理，我要證明給你看，你錯了。」

我說：「他的住址是格烈斯路二九〇四號。你準備什麼時候去？」

夏合利看看他的手錶，把椅子向後一推。

「現在去。」他獰笑道。「假如像我想像的，你完全錯了，我們捅了一窩虎頭蜂，我絕對要止付這張給你們的支票。」

白莎想說什麼，但自己止住了。我知道當初她一拿到支票，早已在簽字變乾以前，存進了我們樓下銀行，交換過了。

我說：「夏先生，我也準備好了。」

第四章 謀殺案

在汽車裡，我對夏合利道：「假如墜飾是羅秀蘭的。我們直接去問羅秀蘭，似乎要更好一點，會不會？」

他搖搖頭道：「以後再問。」

我等候他解釋，但是他沒有。

我們無言地開著車。然後，突然夏合利道：「我完全不相信洛伯會做任何事而不先向我知會一下。」

我不吭聲。

「秀蘭是個好女孩。」夏合利道：「一個非常好的女孩。除非必要我不會打擾她的。至少，目前我不準備介入到她的隱私去。」

「我以為你想知道她為什麼把墜飾拿來賣了。」

「是呀。」

「這不是介入了小姐的隱私了嗎？」

「我不會，這是你的工作，這只不過叫你去做而已。」

「原來如此。」我冷冷地說。

「我自己感到像個混帳的偷窺狂！」他受刺激地自己叫出聲來。

我等著不出聲，在車子又開了幾條街後，我說：「無論如何，假如是她先去找麥洛伯，麥洛伯也會好好照顧她的。」

「不見得。」他說：「問題是她不來找我，卻去找他，一定是事情相當的不好，才會如此。和我相比，她對麥洛伯等於是陌生人。我真不懂，為什麼不來找我，要找他。」

我又不開口，過了八九條街之久。然後我說：「在見到麥洛伯之前，還有什麼我應該知道，而你尚沒有告訴我的嗎？」

「我希望你去只是當一個證人。由我來發言。」

「用這個方法，」我指出道：「萬一把話說僵，他要攻擊你起來。你沒有了迴轉的餘地。假如由我開口，你只要旁聽。我說過火，也不會把你拉進去。」

「去你的這些客套。」他說：「客套不會有成效的。我要是要開始，我就鍥而不捨，不達目的不罷休。」

「假如能達到目的。」我說：「也希望你能。無論如何，我希望多知道一些那個麥洛伯。」

他說：「麥洛伯五十七歲。他在加拿大的克侖代克河有過開礦的經驗。自己單獨住在沙漠裡，希望探到好的礦苗，一路探到過墨西哥東南的猶加敦半島、瓜地馬拉、宏都拉斯，直到哥倫比亞。他和侯珊瑚是在哥倫比亞西北部一個叫美塞顏城市見的面。你去過美塞顏嗎？」

我說：「我是個偵探，不是個探險家。」

「好地方，」夏合利說：「氣候好到你想像不到。白天、黑夜，一年四季溫度差不到四五度，總是在華氏七十五度左右。當地的居民好客，和氣，有教養，有智慧。他們環著庭院，噴水池而坐──」

「當時你也在那裡？」我打斷他話說。

「是的，我們都在那裡。我們是在那裡認識侯珊瑚的。嚴格講來不在美塞顏，而是在河上的礦區。」

「羅秀蘭呢，也在？」

「是的，就像是昨天，不過已經是──我看──已經是二十二年前的事了。珊瑚回美國來了一次。她的表親在一次車禍中喪了生──就是秀蘭的媽媽。秀蘭的爸爸則先早幾個月死於心臟病。珊瑚從未結過婚，是個老處女。她就把這無父無母、身在困境的小女嬰，帶在身邊回到了哥倫比亞。她自己和礦工頭太太兩個人就不斷照顧這嬰兒。我們所有人都喜歡這小傢伙。」

「所有人都在同一個礦裡工作吧？」我問。

「可以說是，也可以說不是。麥洛伯和我各有產業是相毗連的——那邊用水力開產的礦是極大極大的——非常有趣的國家。」

「而侯珊瑚在把小孩帶回來不久後就死亡了，是嗎？」

「三、四個月之後，是的。」

「於是你也停止流浪，停下來管礦？」

「不是立即。麥洛伯和我立即一起回來使遺囑認定。足有一年未回南美。那時旅行沒有現在方便。當我們知道了這筆遺產有多大之後，我們面臨了難關了。這次的受託，使我們也吃了驚，大出意外。

「我們兩個人不過是一對年輕冒險家。珊瑚比我們任何一個都年長得多。老了，縮了，但是神智清楚，精明。她能幹，不過含蓄。她從不談自己的事。你知道，我有一段時間研究過這嬰兒——現在說無所謂，但也極可能是她自己所生的。她愛她如己出——當然，現在討論這件事無什麼意義。再說引起了秀蘭也有這種懷疑就更不妥……豈有此理，我把心裡的話說出來了。像個老女人一樣囉唆個沒完沒了。這些你聽了就聽了，不要說出來。我告訴你，你要做出傷害秀蘭的任何事，我就親自把你脖子給扭斷了。」

「有關表親的事，你調查過嗎——就是秀蘭的雙親？」

「老實說，我們沒有。珊瑚自美國回來，帶來嬰兒，也帶來表親的故事。她回國一年。我記得洛伯和我私下在研究——喔，現在說也沒有什麼意思。珊瑚告訴我們女嬰是羅秀蘭，是她三千里的表親的女兒——我在想是不是因為這種原因，有人在打擾羅秀蘭。我想不出有其他原因，她有困難而不向我來求助。」

「麥洛伯如何?見他之前，你有什麼要讓我知道的嗎?」

「我看沒有了。老實說，賴先生，我真的不覺得你跟我去有什麼意思。也許你不去，洛伯和我可以有一個知心的談判。」

「隨便你。」我說：「不過他一定會奇怪，你是怎麼知道他一度有那墜飾在手的。」

「是的，沒有錯。」夏合利說：「既然你已經如此深入了，你就跟到底吧。」

「還是聽你的。」

夏合利說：「你假裝是珠寶業同業公會的，你在做這樣一件在出賣首飾的常規調查工作。你愛怎麼說就怎麼說。你聰明，你能把死的說成活的。但是千萬別讓他知道你是受我雇用的。」

「我要冒很大險呀。」

「那就去冒險呀。我付你錢為什麼。告訴你，假如你要討好麥洛伯。你要多注意一下潘巧。」

「潘巧是什麼?一隻狗?」

「不是，是隻烏鴉。」

「怎麼回事?」

「我不知道。我一輩子也看不出，為什麼洛伯要養一隻烏鴉來做寵物。烏鴉是害鳥，髒兮兮的，聒噪得很。不過，因為洛伯的關係，我就試著喜歡牠。

「賴先生，我必須承認，我真的自己不好意思，用這種方式來計算我自己的同事。但這一件事可一定要弄清楚。這是我的責任，也是一定要做的事。」

他住的地方是灰泥牆，有紅磚、綠草地和修剪過的灌木。背後有三個車位的車庫。要維持這樣一個住處是要花錢的。

夏合利自車中跳出，走上前面的梯階，草草的做樣子按了一下門鈴，半秒鐘後，他又試著開門，門沒鎖，他把門推開，有禮地站向一側，他要讓我先進去。

我說：「你還是走前面好，我到底是陌生人。」

「有理。」夏合利說：「他會在樓上閣樓裡——大部分時間他都在那裡。牆上有個洞，那隻混帳烏鴉可以進出自如。賴，這樓梯上去。」

「他是單身漢？」

「是，沒結婚。他一個人住這裡——用了一個跟了他很多年的一個哥倫比亞女人。對光棍而言這是大得出奇的房子。瑪麗亞大概正好不在——喔，瑪麗亞！哈囉，瑪麗亞，有人在家嗎？」

空房子到處響起回音揶揄我們。

「她一定是去買東西了。」夏合利道：「好吧，我們自己上去。」

夏合利領頭向前走。

一個粗啞的聲音揶揄地叫道：「小偷！小偷！騙人！」

陰森森的房子，突發這種聲音，使夏合利一下跳起來。

「那隻可惡的烏鴉！」夏合利定定心道：「該把牠頭切掉，哪能養這種東西當寵物！」

我們走到樓梯的頂上。夏合利繼續向前，走過一個開著的門，來到閣樓。

我聽到拍翅膀聲，粗，啞，咯咯的啼聲。烏鴉全黑的身體飛過門框，飛出我視線之外，但是我仍能聽到拍翅和牠典型的咯咯啼聲。

夏合利向前跨進一腳，立即縮了回來。

「老天！」他說。

我站到他邊上。我可以看到一個男人的雙腳和他的腿。夏合利向邊上一移，我看到了整個屍體。

我看到過自邱倍德辦公室出來的人，伸手伸腳仰臥在地上。自背後淌出來紅的血，在地毯上形成了一個小小血池。死者的左手握住了電話的話機部分。電話的撥號機身部分，懸空在桌子和地毯的中間。

「老天！」夏合利又叫了一次。

他的臉蒼白到嘴唇，當我看向他時他的嘴唇扭曲顫抖。他覺出自己嘴唇在抖，他勉強閉緊以示自己尚能控制，但是嘴唇變成扭曲和變形。

「這是麥洛伯嗎？」我問。

夏合利跑出房去。他跑到了樓梯口，一下坐在最上一級上。

「那是麥洛伯。」他說：「看看房子裡有什麼——可喝的——賴，我受不了要吐了。」

我說：「把頭的位置降低。把頭放兩膝之間就好了。讓血回到你腦子裡去。千萬不可以昏過去。」

夏合利照我話把頭降低，我聽到他深吸一口氣。喉嚨裡咯咯的在響。

我走回去站在謀殺案發生的房間門口。

死者被謀殺時顯然是坐在一張長長辦公桌旁的椅子上，當他倒下去時拖了電話一起落下桌去。電話的話筒極可能是在死者死後放進他手裡去的。桌上放著有兩封信。椅子是迴旋辦公椅，側翻在地，看得出是死者生前所坐的。

烏鴉回進房間來了。牠停在吊掛於天花板上的吊燈架上。牠把頭斜側在一邊，用漆黑，晶亮的眼睛，無禮地看著我。

「小偷！」牠說。

「騙人！」我回敬牠。

牠儘量地伸展一隻翅膀向下，喉嚨裡響著牠獨特的粗，啞，咯咯啼聲。

房間一角有一只極巨大的鐵鳥籠，大到足夠關一隻老鷹。鳥籠的門開著。

桌子上一件東西微微的泛出金光引起我的注意。我向前一步看向桌子上面。那是一個墜飾，顯然和夏合利畫給我的完全一樣，但上面沒有了那些翡翠。仔細一點看鑲住原來翡翠的黃金小鉤子皆經撬起，寶石已被取走。

我看到一支零點二二的自動手槍在桌子上。地下一個空彈殼在發出反射的光。我彎腰，把鼻子湊到槍口上去聞一聞，嗅得出手槍才發射過。

我看到綠光隱約閃爍——透澈，深透，有如珊瑚礁上一塘清水。那是一顆我一生見過最好的翡翠。

一隻薄的豬皮手套放在桌子上。我看它大小正好適合死者。從邱倍德辦公室溜出來的時候他是戴了手套的。桌上的手套和那一雙十分相像。

死因是十分明顯的。一把匕首從背後左肩胛骨下方刺入他心臟。匕首不在現場。

我走出去，夏合利仍坐在樓梯頭。

他前後搖動呻吟著。

我把手放他肩上，他說：「怎麼辦？」

我說：「兩條路。」

他抬頭看我，眼睛矇矇的。他臉上的肉突然損失了彈性。我假如伸個手指按他一下，一定會形成一個塌陷，好久也彈不起來。

我說：「你有兩條路。你可以報警，你也可以溜走不報警。假如你那些廢話和不舒服都是做出來的一種樣子，你最好溜掉算了。假如他的死亡和你沒有什麼關係，你就報警。」

他猶豫了一下，他說：「你怎麼樣？法律有沒有規定你一定得報警的？」

「是的。」

「你肯——冒一次險？」

「我不行，我會打電話報警，但是我認為，告訴他們我的名字和跟我在一起的人名字，對我們不利。」

他自震驚中恢復，容易得有如脫掉一件大衣。他一下子就變成一個冷靜的生意人。

「他們恐怕反正一定要來問我的。」

「有可能。」

「他們會問我，命案發生時我在哪裡嗎？」

「更有可能會的。」

他說：「好，我們報案，我想我們應該先撤到外面去，免得我的指紋弄得到東到西都是。我想現在已經夠多了。」

「現在已經夠多了？」

「我不知道——我可能碰到過東西。」

「假如你碰到過東西，那就太壞了。」

他皺眉不豫地看著我。

我說：「街前有一家藥房。我們可以在那裡打電話。」

「賴，你會記得，過去一小時我們都在一起，是嗎？」

「過去二十分鐘。」我說。

「但是，在這之前，我是和白莎在一起呀。」

「白莎記得什麼我不知道，我和她橋歸橋，路歸路。」

第五章　寵物烏鴉

佛警官佛山看來是個好人。我知道他回去後會用一個顯微鏡來詳查我們兩人，但是目前他溫雅有禮。

夏合利說他的故事，他說他和麥洛伯是生意夥伴。他來這裡是因為有緊急事要找他。他帶了我是——是因為我在為他做——另外一件工作。我看到佛警官在猶豫，但是他沒有問問題。

佛警官用眼看向我，看到的是無表情的臉，他又看向夏合利，目前夏合利是他感興趣的人。

「你們認識很久了吧？」佛警官問夏合利。

「幾年。」

「認識他的朋友嗎？」

「當然。」

「他有仇家嗎？」

「他沒有仇家。」

佛山用手指指屍體。「顯然一小時半之前，他有了。」

夏合利沒有回答這個問題，可能他真的不知道。

「誰替他管家？」

「瑪麗亞・龔沙利斯。」

「在他家多久啦？」

「幾年了。」

「幾年呀？」

「八年，十年。」

「家事都是她做的？」

「洗的東西由她送出去。白天有時有臨時工幫她忙。她是唯一的長工。」

「那他沒有什麼享受囉？」

「他根本不享受──從來也不想。」

「那個瑪麗亞・龔沙利斯哪裡去啦？」

「我不知道，也許是出去買東西了，也許──就是出去了。」

佛警官的眼睛向他眨眨：「隨便問問的。夏先生，隨便問問。」

夏合利沒有說話。

「他養這隻烏鴉多久啦？」佛警官問。

「三年。」

「烏鴉會講話？」

「幾句，是的。」

「麥洛伯給烏鴉舌頭開刀了？」

「沒有，沒有動手術。事實上養烏鴉和九官不同，開刀反而不好，當然也有人想法不一樣。」

「你怎麼知道？」

「洛伯告訴我的。」

「這烏鴉他從哪裡弄來的？」

「快要會飛的時候，在田裡撿到的。他把牠帶回家，餵牠，愛護牠，和牠溝通——成為寵物。你看閣樓斜窗旁他特地為牠鑽個洞，烏鴉可以飛進飛出。」

「烏鴉飛出去時去哪裡呢？」

「不遠。我相信有一位小姐，也為牠備了一只籠子。小姐叫葛多娜。她是礦上一位男士的女兒。麥洛伯和她很熟。要知道，來回南美洲的工作都是他在做，所以礦上的人，他比我熟得多。」

「這和烏鴉又有什麼關係？」

「我不知道。」

「我也不知道。」

「是你要問，那烏鴉飛出去時都是到哪裡去的。」

「烏鴉現在在哪？」

「不知道，我們進來時牠在這裡。牠飛出去，又飛回來一次。你來時牠又出去了。很可能去姓葛的那裡了。」

「知道她住址嗎？」

「不知道。」

「麥洛伯對她有意思？」

「不會，麥洛伯和她熟是一般交往，他不再年輕了。」

「比你年長幾歲？」

「三歲。」

「你還能玩不是一般性的交往，是嗎？」

「不是這樣說，我自己從來不會亂來。」

「從來不會？」

「至少很少。」

「麥洛伯有女朋友嗎？」

「我不知道。」

「你認為呢？」

「這不關我事，我想也不想。」

「你來看他為的是什麼？」

夏合利想是早知警方會問他這句話的。他眼睛沒眨一下地說：「麥洛伯和我共同信託一筆錢，有一個投資上的小問題，我來會商一下。」

佛警官伸手入口袋，拿出墜飾，他問：「對這件東西你知道什麼？」

夏合利泰然自若地說：「不知道。」

我忙著點起一支香菸來。這樣也許佛警官不會問我問題。過了一陣，佛警官對夏合利說：「你給我寫一張單子，麥洛伯有點什麼生意來往的人。」

「這沒有問題。」夏合利保證道。

「好吧，」佛警官準備結束這次的問訊了，他說：「目前大概差不多了。請你要再多回憶一下，看還能想起什麼來不能。萬一想起什麼，請你通知我。把他朋友的名單早點列出來，要寫上我怎能和他們聯繫，寫完名單你就可以回去了。」

「我呢？」我問。

佛警官仔細看著我在研究。「你愛怎樣走，就怎樣走。」他終於說：「我知道什麼地方找得到你的。」

「不行，不行，現在不要走。」夏合利緊張地說：「賴，我要你留下來。我覺得，有需要——」他咳嗽，清清喉嚨，但是始終沒有再說下去把話說完。

「幫忙把名單寫出來。」佛警官含意深長揶揄地代他說完。一面走出房間去。

瑪麗亞．龔沙利斯在夏合利寫完名單後回來。她瘦長，深皮膚，五十多歲，顯然她不知道出了什麼事。

她手裡捧了一大紙袋的食物——足足有十五磅以上的東西。警察在屋子大門口截住了她，把她一下引到閣樓裡來，同時通知了佛警官。

由於她不知道什麼回事，夏合利把手上的筆放下，用西班牙語不斷地向她講話。

我看向站在房門口的警察守衛。假如我是佛山警官，我不會讓兩個證人用別人聽不懂的話交談的。

假如那警察聽得懂西班牙話，我是一點也看不出來。他連看了幾次手錶，像是在看什麼時候可以有飯吃。他伸一下懶腰，打一個呵欠，點著了一支菸。

夏合利和瑪麗亞．龔沙利斯利用這段時間像房子在著火一樣，互相用西班牙話交換了很多的話，在我看來，其範圍足可包括自麥洛伯出生，一直到他死亡。

然後，突然的，瑪麗亞翕動她鼻翼出聲大哭。她自皮包拿出一塊手帕，摀住了鼻子嗚嗚有聲。在悲傷的過程中途，她停下來，把滿是眼淚的眼睛看著夏合利，用每分鐘三百個字的速度，向夏合利用西班牙話說話。

不論她想到的是什麼，正是夏合利不願談到的。他把左肘稍彎手掌向她，像是要把她的意見推回給她。他發出了一個簡單乾脆的命令。

隨便什麼人，不必懂西班牙話，都會知道那代表「不行」。

此後，女的繼續她不出聲的飲泣，男的繼續寫完名單。

「這張名單要怎麼辦？」夏合利問我。

我指指站在房門口的警察。「交給他。就說是佛警官要的。」

夏合利照我說的做好。

我說：「ＯＫ，這樣可以了。」我走向門口去。

夏合利向門口警察看去。那警察用手向外一揮，表示我們愛走就走，自由得像林中的小鳥。

走向樓梯的半途，夏合利想起什麼，轉回去找那女管家。

「最好不要再回去。」我低聲向他說：「你已經占了太多便宜了。你再回去用西班牙話和那女管家交談，即使那警察再笨也會覺醒了。」

夏合利用一本正經的語調問：「你這什麼意思？」

「簡單地說，趁能走的時候走了再說。」我說。

「我不懂你什麼意思。」夏合利道。但是他直下樓梯，經過房子，出來到了街上。

第六章 一只熟透了的草莓

在車子裡，夏合利說：「賴，我現在要把你帶到羅秀蘭的公寓去。麥洛伯的事我希望由我第一個人告訴她。我也希望知道，那混帳墜飾是怎麼回事。」

「我無所謂。」我說：「你反正出了錢，我的時間隨便你用。」

我看到他在點著引擎的時候，手都在發抖。他轉入高檔時汽車還在咳嗽。第二個交叉路口，他闖了一部分紅燈，倒退回來又撞了後面停著的一部車子的前保險杠。

「我來開車好了。」我說。

「好吧，我是有點手抖。」

我走出車子繞過車頭。他自車中移向本來我坐的位置，我打開左側的車門，坐進駕駛盤後的坐位。我們來到西區進入高級住宅區。夏合利告訴我停在哪裡。我特地問他，要不要我伴他進去。他說要。

羅秀蘭本來沒有看到我。她尖叫一聲，高興地跑向夏合利。他本想嚴肅一點的，但是她把雙臂抱向他頭頸，一隻小腿離地向後彎，喊道：「合利叔！」她一下親上他臉頰。

合利叔勉強把嘴唇空出來道：「羅小姐，我要給你介紹我的一個——嗯——朋友，賴唐諾先生。」

她放下夏合利，紅著臉，尷尬地愣了一下，把手伸向我，叫我和她握手，一面讓我們進屋坐下。

她，褐色髮膚，乾脆，熱情得有如深色的貓眼石。她的身材絕對可以上花花公子月曆。曲線、眼、腿，無一或缺。目前她表現責任性的端莊嫻靜，但是效果也不見得出色，仍抵不住她淘氣上翹的鼻尖，厚嘴唇，小嘴巴。表情掠過她臉，有如雲影之在山上。

她用手帕把夏合利臉頰上口紅印擦掉。一面自己用粉餅盒上的鏡子照著，用小手指，唇膏，補妝，使嘴唇紅紅厚厚有如一只熟透了的草莓，等候別人來採食。她熱心地說話，有如機關槍開火。

「合利叔，也是你該來的時候了。你忘了上一次你是什麼時候來的了吧？你在幹什麼，用工作來損害自己？你工作太熱心了。你要有休閒。你不是說要帶我去哥倫比亞的。做牛做馬有什麼好？我們應該——怎麼啦，有什麼事？你看來——告訴我，什麼不對？」

夏合利清清喉嚨，摸索著把自己的菸盒拿了出來，無助地看向我。

我把眉毛抬起來。

夏合利對我點點頭。

我說：「我們給你帶來的不是好消息，羅小姐。」

才理完唇部化妝工作的小拇指頭停留在唇角。她的頭沒有移動，但是她的黑眼珠滾動著從粉餅盒蓋鏡子上緣看向我。

「不是？」她問，仍沒有移動。

我說：「今天下午什麼時候，麥洛伯被人殺死了。」

粉盒自她手中落下，撞上她膝蓋，掉了地毯上都是粉。眼光沒有移開我的臉。「死了？」她問。

「是的。」

「怎麼死的？」

「謀殺。」

「謀殺？」

「是的。」

「什麼人幹的？」

我說：「目前為止，尚沒有人知道。你什麼時候把你的翡翠墜飾交給他的？」

「什麼翡翠墜飾？」

「就是侯珊瑚遺贈給你的。」

「你是指那個碧玉墜飾？」

「是的。」

「老天！」她說：「這一個。」

夏合利眼睛都瞇起來了。「怎麼樣？」他問：「你需要錢用，是嗎，秀蘭？你去找麥洛伯，要他替你把墜飾賣掉。你為什麼不來找我。你為什麼不肯接受——」

她臉上的表情使他自動停下來，那是一副不知所云的表情。

「需要錢用？」她問。

「是的，你不是要錢用是什麼？當然是因為你要錢用，否則你哪會要賣了——」

「但是我不要錢用。」她說：「老實說我要的是比較新潮一點的玩意兒。我請求麥先生替我去磋商，是因為他比我精明。我想用這只老式的墜飾去換——」

「多久之前的事？」夏合利問。

她瞇起眼睛：「我來看看，應該是——」

「前天？昨天？」夏合利催她說。

她眼睛張開，驚奇地睜得圓圓的：「合利叔，這是三四個月之前的事了。是——足足四個月了。」

夏合利道：「經過了那麼多延擱，你有沒有——」

「什麼延擱？」

夏合利看向我。我說：「麥先生把墜飾拿去怎麼處理？」

她說：「他照我的意思把它賣掉。有一個姓邱的男人專門做這一類生意。我不知道他怎麼做——反正他收這一類東西，而且可以交換。他出的價格蠻公道的——當然，是麥先生接洽——」

「多少錢？」夏合利打斷道。

她臉紅地說：「目前——我最好不說。交易很成功。麥先生認為差不多，我也就接受了。你知道，事前麥先生把東西交給好幾個珠寶商看過。」

「你把錢做什麼用了？」

她把手伸出來，指上套了一只大極了的鑽石戒指：「我對玉一類的東西已經有點厭煩了。老實說看得太多了。我買了這只戒指。多出來的在銀行裡。」

夏合利看著我，一臉不知對策的困惑。

我向他暗示一下，他沒有懂。眼看目前的冷場使大家都受窘僵住了。我對夏合利道：「好吧，你假如不願意發問，只好由我來問了。」我轉向羅小姐。我問道：「是不是有一部分錢給了霍勞普了？」

她生氣地光火了。兩朵紅雲迅速地爬上她雙頰。她兩眼冒出怒火：「你有什麼權利來問這一種問題？完全不關你事？」

我看看夏合利。該由他出面調和了。

他想說什麼，但是自己節制住了。

小姐的下巴向上戳起，她故意擴大背向我一點的動作，我雖仍站在原處，心理上好像已經被她趕出了房間。

「合利叔，他為什麼要死呢？」她說：「他是好人，那麼好，那樣為別人設想，那樣大方。男人像他那樣好，真是少有。」

夏合利點點頭。

突然，她衝動地走向他，坐在他所坐沙發的扶手上，用她的手輕輕地撫摸他的半白頭髮，一點沒有預警，她大哭起來。

眼淚破壞了所有她臉上的化妝，但是她已不再在乎。睫毛油混合了淚水，在雙頰上留下兩條灰色的痕跡。我想起看到過一家環保不良的工廠，久旱第一次下雨時，雨滴夾雜了塵土自玻璃窗上下滑的樣子。

「合利叔，你要多保重。」她半哽地說：「現在，我在世界上只有你一個親人了。」

從合利叔的臉，可以看得出她這句話有多使人受用。

「你怎麼會這樣說，秀蘭？」他問。

「因為我太愛你，也因為——喔，合利叔，我覺得在這世界上我孤單得很。」

「麥洛伯有沒有透露過什麼特別的話給你？」他問：「有沒說什麼，使你想到他會有危險？」

她搖搖被泥水破壞得亂七八糟的面孔。

「我不懂。」夏合利道：「我真的不懂。完全不懂。」

他把他的手放在她腰上，又輕拍她的臀部，一面掙扎著自沙發站起身來。「我一定得走了，秀蘭。」他說：「很多事要辦，我又必須要把賴送回他辦公室去。我本來只想在這裡耽擱一分鐘的。」

她現在對我親切了。哭一場後，心中怨氣一出，已不再對我蔑視。她把柔軟小手交我手中，嗚咽地說了些客套話。她眼睛關心地看向夏合利。他有點退縮，怕她唇上的唇膏。我在懷疑，他單身來訪的時候，會不會那麼拘謹。

門將關起的時候，她的眼光找到了他的眼光。「不要不回來，合利。請你——要儘快地回來。」

他向她保證，而後我們一起走下走廊。

突然，我問道：「你說過，她絕不收受遺產中任何一毛錢，假如霍勞普沒有的話，是嗎？」

「是的。」

我私下在想，假如這一點是真的，她這樣討好夏合利是一無所得的。假如霍勞普，因為他賭錢，因為他揮霍，所以信託人不給他錢，而羅秀蘭，因為她是好女孩，她得到很多額外的錢，才能解釋為什麼要對「合利叔」那麼上勁。

我說：「這公寓是要鈔票的。」

他點點頭。

「除了遺產的月錢外，她有其他經濟來源嗎？」

他一心一意想說這不是我的事。但是他說：「當然有，只是我不知道多少。」

他是在樂於受問狀態下，而我是在急於問詢狀態下。「你每月給她多少？她名下每月應得多少？」

「每月大概五百元左右。」

「霍勞普也是一樣嗎？」

他點點頭。

「他應該可以過得去呀。」

「本來是應該過得去的。但是他是冒險的賭徒。他有他的汽車修理事好做——不見得全心。他一屁股債。我希望他能工作，重新開始新生活。」

「你說的羅小姐別的收入，不需要工作的嗎？」

「不需要工作。」

「一定是投資囉？」

「是的，她是很精的，精得像獵犬。奇怪不知她從什麼地方想到我會出事。豈有此理——我喜歡她這種想法。千萬別以為這世界會像很多人期望你能相信那樣安全，有序。這世界是殘酷的，當你真的要——我送你回辦公室，賴。我暫時不想講話了，請你讓我靜一下。」

他開車帶我到我們辦公大廈。他把車停妥，自己打破了自己的規定。他說：「等一下我會去你們辦公室，結算一下鈔票和研究一下我的處境。」

「那倒不必。我現在就可以告訴你。」

「我是說，結一下帳。」

「我也是這個意思。」

「我付的五百元該有一點結存退還給我吧？」

我說：「千萬不要有這種想法。」

他不懂地看向我。

「爭也沒有用，」我說：「你還不瞭解白莎嗎？」

「你是說她貪得無厭？」

「貪得無厭是形容人的性格。」我說：「在本案是她已經貪到手了。在未到手那五百元時，她是貪得無厭的。現在，她已經得到了，那是與虎謀皮。」

他向我眨了兩下眼，像是不知道我在說什麼。他說：「是的，我想你知道她更清楚一點。」心不在焉地他把車子開走。

第七章　不在場證明

卜愛茜在我走進辦公室的時候，急著想暗示我什麼。她的手指快速不停地在打字機上打字，打得字鍵噠噠的響，有如機關槍在盲目掃射。但是她瞇起一隻眼，噘起嘴巴，用頭向白莎的私人辦公室猛彎。

我打開大衣鈕子，做一個樣子把領子向外一翻，順便用眼神問她，是不是。她有力地強調沒有錯。

我感謝地向她飛一個吻。走過去把白莎私人辦公室門打開。

我突然停止，像是完全出乎意外地發現佛警官坐在柯白莎辦公桌的一角上。

「請進。」佛警官道：「這下達到法定人數了。」

我走進去，把門關上。

佛警官一點也不浪費時間，我才把門關上，他的問題已經開始了。

「夏合利什麼關係？」

「是一個客戶。」

「他要你們做什麼事？」

「要我們找出一件和麥洛伯無關事件的真相。」

「那你們為什麼一起去看麥洛伯？」

「在我們一開始工作，發現麥洛伯也許可以給我們一些消息。」

「夏合利想調查什麼事？」

「你去問他。」

「從你們發現屍體，到報警，有出過什麼特別的鬼主意嗎？」

「沒有。」

「夏合利說他一直是和你在一起的？」

「從什麼時候開始一直在一起？」

「從他出主意要去看麥洛伯開始。」

「那是他不在場的證明嗎？」

「我沒有說這是不在場證明。夏合利自己認為是的。」

我說：「我們發現屍體前二十分鐘，我來這裡，發現他和白莎在一起。」

柯白莎說：「唐諾進來前十分鐘，他一直和我在一起。卜愛茜說，他在接待室等了我二十分鐘才見到我的。」

「那當然只是約略估計。」佛警官說：「你們都是猜猜的。」

「假如我們知道有一件謀殺案會發現的話，他一進來，我們會用秒錶來定時的。」白莎道：「你該自己先來通知的。」

我問佛警官：「這傢伙死了多久了？」

「驗屍官說死了不久。大概是我們到達前一小時至一小時半之間。這樣計算就錯不了。一小時反正差不多就是了。」

「那三十分鐘可重要得要命。」我說。「尤其對某些人來說呀！」

佛警官聳聳肩：「你該知道這些醫生是怎麼樣的。」

我們大家不說話，半晌之後，佛警官道：「我希望多知道一些你們在替他做的事。」

我說：「那件事不複雜。夏合利是已故侯珊瑚女士兩個遺囑信託人之一。麥洛伯是另外一個。夏合利付我們五百元，要我們替他做件事。我們做了。」我突然轉向白莎問道：「支票怎麼樣，兌現了嗎？」

「別傻了，唐諾。他還沒走出兩條街，我就拿到樓下銀行去兌換了。硬得金子一樣，進帳了。」

我轉向佛警官道：「沒錯吧。」

佛警官抓抓自己的頭，「那隻烏鴉怎麼樣？」

「是隻寵物，麥先生養了牠三年了。牠會講話。牠的舌頭沒有動手術，據說和一般傳說不同，不動手術稍好。」

佛警官道：「有一個墜飾，老式的樣子，像古董。有十三個座可以鑲相當大的寶石或玉，但是上面一粒寶石也沒有。」

我點點頭。

「十三顆寶石。」

我說：「十三和這件事有什麼關係呢？」

佛警官說：「在鳥籠裡，我們發現六顆翡翠。現場桌子上尚有兩顆，都是非常好的質料。」

「六顆翡翠在鳥籠裡的什麼地方？」

「鳥籠後面有個小鳥屋，鳥在裡面用樹枝做了個小窩，翡翠在窩裡。」

「有意思，」我說：「一定是烏鴉看到了翡翠好看發亮的顏色，飛下來，一次一顆地啣上去放在牠窩裡的。」

佛警官看向我，他說：「六加二是八。」

「沒錯。」

「假如墜飾上是有翡翠的，應該有十三顆。」

「是的。」

「有五顆不見了。」

「也對。」

「喔，去你的，我是在為墜飾計數。」佛警官生氣地說。

「我以為墜飾在你手上。」

「我是說翡翠。」

「墜飾本來是用翡翠鑲的嗎？」

「我哪裡知道。」

「是古董，是嗎？」

「當然，像是傳家之寶，不知道姓麥的從哪裡弄來的。」

我說：「不是買來的，就該是祖上傳下來的。」

佛警官歎一口大氣。

「當然，也可能是偷來的。我再也想不到有什麼其他方法他可以得到了。」

佛警官眼一眨不眨地看了我很久，一面在想心事。「賴，告訴你沒關係。我要好好查你一查。你不斷地在說廢話，但是局裡不少人覺得你是不肯說話的人，今天你倒像是要把我思想導入歧途。局裡人說你賊頭賊腦，鬼祟得很。要知道這對以後吃這一行飯會有影響的。」

佛警官不等我回音，走了出去。

柯白莎長嘆一口氣，全身鬆弛下來：「好了，唐諾。反正白撿了五百元錢。」

「事情還沒完呢，還會有錢進來的。」我說。

「你怎麼會知道？」

「夏合利。」

「他怎麼啦？」

「他怕得要死。」

「怕什麼？」

「我怎麼知道。」

「有概念嗎？」

「照遺囑條款，假如兩位信託人都死了，信託就中止，遺產分成兩份，由兩位繼承人平分。」

「兩位信託人都死了之後？」白莎說。

「是的。」

白莎想了一下，「我倒在想，兩個信託人死了一個，他們一定要稽核一下帳目。稽核結果會是怎麼樣呢？」

我說：「我自己也很想知道這件事，我會注意的。我已經抄了一份清單，當初他們兩個人開始接管這件遺囑信託時，有多少東西交入了他們的手裡。」

「值多少錢，唐諾？」白莎急於知道地問。

「開始時大概八萬元錢。最後稽核有二十萬元了。」

「不過，當然，」白莎說：「兩個人的生活費用是自此而出的——羅秀蘭和——另外一個男的叫什麼名字？」

「霍勞普。」

「我在想他們拿多少？」

「五百元一個月。」

「每一個人？」

「是的。」

「那是一萬二千元一年。」

「是的。」

突然，白莎自椅子上坐起，「多少年了？」

「大概是二十二年。」

「信託金有多少？」

「大概八萬元。」

白莎把頭靠後，在做她的心算。

我說：「同時，兩位信託人的開支，也是裡面出的。」

「如此說來，」白莎道：「一定有一個極好的進帳。」

「有一個金礦，不斷地在替他們出錢。而且我相信夏合利會再回來。」

白莎貪婪地猛搓她的手，雙眼發光，她說：「唐諾，好人。你真會說白莎愛聽的話。」

第八章　混進麻煩去

柯白莎已經把她桌子鎖上，下班回去了。我在外間和卜愛茜在閒聊。

「愛茜，我看你需要有幫手了。」

「還可以啦，唐諾。你出去度假回來真好。你知道你不在辦公室，辦公室真亂成一團糟。」（見《變色的誘惑》柯白莎獨破大案）

她看看我，又快速地把眼光移開，臉上升起兩朵紅雲。

我說：「也增加很多工作。」

她神經質地笑著道：「當然。是你在把生意帶進來。」

「我不是這意思，我是說增加了你很多工作。」

「我高興做的。」

「沒什麼理由你一定得做，你不能一天死盯著打字機八小時，我認為我得向白莎談一談，你該有個幫手了。」

「我還可以。唐諾。有時我趕不上，但是終有不忙的時候，我就趕上了。」

「需要個幫手。」我說：「請來的幫手替白莎工作。而你則只做我的秘書。」

「唐諾！白莎會氣死的。」

「那樣的話，」我說：「你就空閒了。白莎老送出可以複印後簽字的宣傳信，要你一封一封打，又費時又浪費人力。」

「也帶來生意呀。」

「什麼生意？」我說：「小眉小眼的。我們現在面對的是大生意。好！我來安排好了。」

「白莎不中風才怪。」

「她活該，她——」

電話鈴響。

卜愛茜疑惑地向我看看。我說：「由它去響，愛茜。不，等一下，可能是夏合利來求助，你來看是什麼人。」

愛茜拿起話機，她說：「唐諾，給你的。」

我接過話機，聽到的是對方調整好語調，井然有序的聲音。對方說：「是賴唐諾先生嗎？」

「是的。」我說。

「是柯賴二氏偵探社的賴唐諾先生嗎？」

「沒錯。有什麼事？」

對方說：「我是牛班明。你今天早上來過我店裡，說是有一個翡翠墜飾失竊了。我要和你談談。」

「這一件事不談。」我說：「你說過你沒見過墜飾，我相信你的。」

「正是我說過的。」牛班明道：「但是目前情況改變了。」

「又如何？」

「所以對這件事，我要仔細和你談談了。」

我說：「我有個非常完整的推理，但是我看不出情況改變而有和你討論的必要，你已經說過從未見過這墜飾。」

「好吧，那麼我換一種說法。」他冷淡地說：「佛山警官現在正坐在我的正對面。他在問我問題。」

「好吧，」我也冷淡地說：「五分鐘我就到。告訴佛警官，我馬上來。」

我把電話掛上。

「什麼事呀？」卜愛茜問。

「萬一白莎要我聯絡，我現在去牛班明的珠寶店。佛警官在他那裡，牛班明不懂得怎樣可以搪塞他。我只好去解釋解釋。」

「行嗎？」她問。

「試了才知道。」我說。

「你會告訴他們實話嗎？」她恐懼地問。

我說：「真金不怕火煉，總是不錯的。」

「又如何？」

「另外還有一句話。『逢人只說三分話』。是嗎？」

她擔心地說：「唐諾，不要沾上麻煩囉。」

「看來真如白莎所說，我有骨頭癢的毛病。每隔一段時間，我總要把自己混進麻煩去，以練習一下怎樣可以自麻煩中逃出來。你最好能代向白莎致意，叫她暫時什麼人都不要見，直到我告訴她我的說法，如此我們說法可以一致，不致發生紕漏。」

「唐諾，」她問：「你會說出怎樣一個故事呢？」

「我要是知道，我當然會先告訴你。但是我不知道。要看牛班明對邱倍德這件事到底有沒有說出來。」

「假如他說了呢？」

「假如他說了。我就讓這位投資經紀人邱倍德自己來說話。你設法去找到白莎，叫她不要隨便見人。我走了。」

我在自己限定的時限中到了牛班明的珠寶店。一輛帶了無線電的警車在門口，裡面一位警察帶我進店，一位店裡的守衛帶我上二樓，來到牛班明的辦公室。

牛班明，佛山警官和邱倍德三個人，彼此離開遠遠地坐在椅子上吸菸。他們並不在說話。房間裡的氣氛凝重，煙霧迷漫，使我想到一件案情複雜的案子；在審判後，陪審員各持己見，相持不下，無法做出是否有罪之判決而法官又不願意解散他們。

「嘿！各位好。」我說。

佛警官咕嚕地說兩句客套，立即言歸正傳。他對牛班明道：「告訴他，你對我說了什麼了。」

牛班明小心地選擇他要說的話。他像是要暗示我，不要說太多了。

「今天較早的時候，」他咬文嚼字地說：「這位先生來這裡，他說為了相當重要的事，他希望能見到我。我接見他，我要求看他證件，發現他的名字是賴唐諾，他是一位私家偵探，他是替一家叫作——」

「少來這一套。」佛警官打斷他話說。「談重要的。你們說了些什麼？」

「他問我有沒有見到或是知道一個翡翠墜飾。」牛班明說：「他用一張畫得不太清楚的素描給我看一件翡翠墜飾的樣子。我問他為什麼選中來看我，他說因為我是翡翠專家。」

「說下去。」佛警官道：「統統說出來，他說他為什麼關心這件事？」

牛班明道。「有關這一點，我告訴過你，我記不太清楚了。我不記得他有沒有說過他是想在替一個客戶找回一個墜飾。不過我認為，也許內情在什麼地方有一點誤會。」

佛警官看著我。「由你來說好了。內情是怎麼回事？」

「也和他說的差不多。」

「你給了他什麼理由？」

「我不記得我給過他理由。」

「他說你給過他理由，只是他不太記得了。」

我笑笑道：「我都是用這種方法對付他們的。我說話說得快，給他們一點含含糊糊的感覺。我來這裡的目的反正不是『給他們』理由。我來的目的是看他有沒有見到一個翡翠墜飾。」

佛警官咬他的雪茄，用半敵意的眼神看我。他說：「好吧，你倒用含含糊糊的話回答我的問題看看。你為什麼在找一個翡翠墜飾的下落？」

「我不會給你含含糊糊回答的，警官。」我說：「我會給你說老實話的。一個客戶要我給他找這資料。」

「為什麼？」

「你只好去問那客戶了。」

「夏合利嗎？」

「我沒有說是。」

佛警官用雪茄指向牛班明。「你繼續說，後來怎麼啦？」

牛班明說：「在那個時候，我極老實地告訴這位年輕人，我從來也沒有見過他所形容那樣的一個墜飾。後來，不知怎麼樣，這位我不是太熟悉的邱倍德先生，他來看我，拿出一個像他所形容的墜飾，叫我來估價。我建議他，在我來給他估價之前，最好他能先聯絡一下柯賴二氏私家偵探社的賴先生——他們在對這個墜飾發生興趣。」

「沒有錯。」邱倍德立即同意地點點頭。

「而你是哪裡得來的墜飾呢？」佛警官問邱倍德。

「從麥洛伯先生那裡。他要我代為估價。」

佛警官又咬兩下他的雪茄，向痰盂吐了口口水。「浪費時間，我不喜歡。」他說。

大家沒有理他。

「我是在給你們一個機會，讓你們能在一起把你們自己的故事說出來。」佛警官並不指定說給什麼人聽地說：「這樣大家也不會怨別人亂說話。也給你們一個機會大家對對嘴。要不然，等我發現是什麼人在給我打哈哈，我可不饒他。」

我們大家不吭氣。

佛警官問邱倍德：「以前替麥洛伯做過這一類的生意嗎？」問得那樣突然，有如偷偷出拳打他一下似的。

邱倍德抬頭，視線越過警官頭上兩呎以上，看向後面的牆上。他把眉頭皺起，像是要把思考力自老遠拉回來。他說：「我以前見過麥洛伯好多次。我也替他做過一些小事。

我一定替他做過——要不然他怎麼會突然拿這種值錢東西叫我去估價呢？但是，不論我怎樣自己敲自己的頭，我記不起以前替他幹過什麼相似的案子，也許以後我會想起來，到時我會記得告訴你的。」

佛警官道：「你是做什麼職業的？」

「我——可以稱是中間商人。我專門處理貴重物品——已經典當或押款的，後來物主又想賣掉它。當然，我代理的對象也以經濟有困難，但不便自己出面的為主。」

「開當舖？」

「不是，我自己沒有店舖。我只是打遊擊的中間人。當然我自己有自己的來源和去處。我自己也懂珠寶。我也必須懂。我總不能讓客戶欺騙我。」

「麥洛伯找到你，要你替他用最高價把墜飾賣掉？」

「要我估價，不是賣掉，有差別的。」

「但是，凡是找到你的，其結果都是一樣的，是嗎？」

「有時候是的。」

「是的時候多，是嗎？」

「是的。」

佛警官突然轉身問我。「想來你是一家一家珠寶店在跑，看有什麼發現？」

我並不走進他佈的陷阱去。「相反的，牛先生這家珠寶店是我第一個拜訪，也是唯一拜訪的一個。」

「為什麼呢？」

「另外那一件事情發生了之後，我沒有時間再到別的地方去。」

「你說是哪一件事呀？」

「這一件。」

「你是指夏合利嗎？」

「我是指和他一起去看麥洛伯。」

佛山說：「老天，你還真會含含糊糊。你說那麼多，好像在給人你絕不騙人的印象，實質上你什麼也沒有說。」

「我真抱歉。」

佛警官道：「有必要的話，我可以和你們在這裡耗一整夜。唐諾，後來那墜飾是在哪裡發現的，你知道。我要查清這一點。我請我的人查過每一家大的珠寶店。沒一家見到過這項東西。於是我們找到牛班明。牛給我們邱這條線索，又遲遲地想起了你。你看，你來過這裡，問起過這墜飾，為什麼？」

我說：「警官，我能說的都願意告訴你。那墜飾是個傳家之寶。本來屬於一個女人。有位和這女人很熟的人發現東西已不在那女人手裡了。他想知道東西哪裡去了。」

「為什麼？」

我說：「假如你突然發現你太太所擁有一件價值好幾萬元的珠寶不見了，你希望知道它哪裡去了，是嗎？」

「是一件夫妻間的事嗎？」

「我沒說是。」

「你在暗示『是』呀。」

「什麼時候？」

「你剛才問我我的太太怎麼樣，怎麼樣的時候。」他生氣地說。

我說：「這只不過是問個問題呀！」

「豈有此理！」他說：「問問題的該是我呀！」

「好，你問吧。」

「這件事，是不是夫妻的事？」

我皺起額頭道：「這——可能是，當時我自己也沒有想到這一層，事後想起來麼，倒也是有可能的。他沒有說她是他太太。」

「好吧，」佛警官無味地說：「他有沒有說她不是他太太？」

「沒有，警官。我絕對保證他沒有說過。」

「喔！等於沒有講。」佛警官說：「這樣講下去講到哪一天，這樣問你，你有概念這是勒索嗎？」

「我想我的客戶有個想法，這一件事也在調查之列。」

「你有查過嗎？」

「還沒有。」

「為什麼？」

我說：「我一看到墜飾在麥家出現，我就知道不可能是勒索了。事實上，後來知道，我客戶發生興趣的對象在好幾個月之前，已經把墜飾脫手了。麥洛伯顯然是從別的來源取到的這墜飾。」

邱倍德抓住這機會，他猛點他的禿頭。「我認為這是對的。完全對的。」他說。

我說：「請你原諒，警官，我有義務和權利要保護我的客戶，我不能多嘴到腸子都吐出來。憑我已經說的一切，加上你是那麼能幹的一位警官，其他的你可以自己推理出來了。後來，就在今天，我得知墜飾原來的主人對翡翠厭惡了，她想要換成鑽石。而邱倍德先生想表白的，可能是因為麥先生喜歡翡翠，於是翡翠到他手了。」

「正是如此。」邱倍德道：「我可以確定麥先生對翡翠有興趣，是因為他在哥倫比亞待久了。我想他是很能鑒別翡翠的。我也發現這些在墜飾上的翡翠是非凡的碧透，無暇。我認為是罕見的精品，我帶來再給牛先生鑑別一下。」

「但是什麼人來決定要賣掉的？」佛警官問。

「只是鑑定，不是出售。」

「這樣問好了，東西的主人是什麼人？」

邱倍德注視警官道：「怎麼了？那還用問，當然是麥洛伯。」

「沒問題嗎？」

「當然，我一直以為如此的，東西在他那兒呀。」

「多久了？」

邱倍德看向我道：「依據賴先生所說，好幾個月了。」

佛山警官用手指在辦公桌子上打著鼓。「麥洛伯為什麼要一再鑑定這墜飾的真正價值，然後又把墜飾上的翡翠一顆顆地挖出來呢？」

我說：「也許是一個小偷把這些石頭弄下來的。」

「去你的！」佛山道：「翡翠是由麥洛伯親手取出來的。我們在他辦公桌抽屜找出一套完整的珠寶匠工具。石頭是他親手取下，在他藏起這些石頭來時，他把六顆放在烏鴉鳥籠裡，他認為別人不可能發現的。他放兩顆在桌上，一起是八顆了。」

「十三分之八。」我說。

「不過。」佛警官道：「後來我們在浴室裡，拆下洗手盆下面『U』型管，目的是看著兇手有沒有在那裡洗洗手洗掉手上的血跡，你知道什麼，在『U』型管中我們發現了另外五顆相同的翡翠。」

「那不錯。」我說：「翡翠一顆也不少了。」

佛山生氣地看著我。他說：「你且告訴我，麥洛伯為什麼要把墜飾上的翡翠都拿下來，五顆放進洗手池下水道去，六顆放進鳥籠裡去，只留兩顆在桌子上？」

我說：「我想你把我找到這裡來，不是要我做顧問吧？」

「你真他媽對了。」佛山說：「我把你找來是收集證據的。我要事實。你所說的要是有什麼胡說八道，老天，我一定要你的執照泡湯，賴唐諾。」

我說：「我認為你問的每一個問題，我都已經答過了。」

「喔，當然！」他揶揄地說：「你每個問題都答過了。你對我用處大得很，另外兩位男士也都很幫忙。但是，我笨，我覺得我仍是入寶山空手而返。」

我說：「你累了，你太緊張。最近你工作太多了。據我看來事情不複雜。我被人請來調查墜飾出了什麼事，它為什麼不見了，現在在什麼人手上，為什麼在他手上，等等。我就發動，開始一家家珠寶店去跑——」

「而你所跑的第一家，」佛山說：「就正好是一下中的。不必再跑別家了。」

我說：「倒也不是完全湊巧或是幸運，警官。我知道牛班明是翡翠的專家，所以我首先來這裡。」

「而牛班明告訴你東西在他那裡？」

「別傻了。」我說：「牛要保護他自己客戶。」

「你是指他告訴你他不知道這件事？」

我說：「我是指，他百分之百沒有告訴我任何消息。」

「假如你知道他不會給你消息，你又為什麼來找他呢？」

「我來找他時，我不知道呀。」

「但是你見到他後你知道了。」

「是的。」

「又如何？」

「沒怎麼樣。」我說：「因為某種比較重要的事發生了，所以我就被通知不要再在這件事上下功夫了。就這樣。」

「但是這件後來發生的重要事件，又把你帶到了這個墜飾上來了，是嗎？」

「老實說，是的。」

「老實說個鬼！」佛山大喊道：「你告訴我這些，是因為你知道這些都是我知道的。現在告訴我墜飾怎麼會到麥洛伯手上去的？」

「我一次次告訴你過，警官，這是我無法告訴你的一件事。但是我能告訴你，由於這墜飾的出現，我的當事人能有機會找到那位女人，懇談後發現，是她自己把墜飾放出去，想去換一些別的珠寶首飾。她在幾個月之前就賣掉了那墜飾。這就是一切了。你該看得到，在這件事裡，這位男人對他的這位——年輕女士非常坦白。而且問過她——」

「年輕女士？你說。」佛山警官打斷我話道。

「是的呀。」

「喔，那麼就是這一種老套的事囉？」

「我沒有說喔。」

「你自己漏出來，而我給你說出來而已。」

我說：「當然，你怎麼做結論是你的事。我可沒有講呀。」

「喔！又來了。」佛山厭惡地說：「還不是老套的一件事。有錢的乾爸，有一天認為她把他送她的禮物賣掉了。但是——老天，賣掉也是事實！」

「他現在並不這樣想了。」

佛警官的笑聲是粗野的。「當然不會了。因為她給了一個理由，灌了他一點迷湯。她看著他的眼，告訴他發生什麼事了，老頭子昏了頭，相信她了。我現在還有一件事要知道，唐諾。那個麥洛伯是不是那個傻老頭？」

「我認為麥洛伯絕不會是任何女孩子的傻老頭。」

「有理，」佛警官道：「還有一個問題。他是不是突然插進來的競爭者——」

「我不認為麥洛伯對那墜飾的關心和羅曼史有關。」我說。

「我來告訴你。」邱倍德堅持地說：「那單純是因為他懂得鑑定翡翠。那墜飾上的翡翠不是普通的，而是極品。我認為牛先生出價太低太低了。而我認為他出那麼低價，是有了偏見，他看到那墜飾本身又老式又土氣。他想那些翡翠不會太好，否則老早就被人拿下來重新鑲過了。老實說，我向麥先生提起過，把這些翡翠拿下來，重新鑲在一個新式的首飾上，可以賣掉而得到一筆小小的財富——還不止是小財富。我認為這是為什麼他要把這些翡翠拿下來——但是，發生了意外了。」

牛班明清清喉嚨。「各位先生。」他說：「我來老實說。我對那墜飾是太匆忙地給了一個估價，我是因為那首飾太老式有了偏見。可能我對翡翠根本沒仔細去看一下。翡翠是很奇特的東西。我現在回想那墜飾上的翡翠色澤確很特別。那個時候我就看到——但是，可以說沒有仔細看到。我看走眼了。」

佛警官站起來。「我想這就可以了。」又加一句強調道：「不這樣也只好算是這樣的了。」

邱倍德點頭道：「一定是這樣的，警官。出事的時候麥洛伯正在想把翡翠拿下來，重新鑲過，正是我建議他做的事。」

牛班明伸手入他辦公桌抽屜，拿出一瓶十二年威士忌陳酒。他說：「既然大家這樣說，沒有理由我們不來一點酒吧。」

第九章　墜飾複製品

我先確定的確沒有人跟蹤我，然後我走進一個電話亭打電話給夏合利。

夏合利的聲音自電話彼端傳來，又快又急。「哈囉，是誰。是夏合利在講話。」

「我是賴唐諾。」我說。

「啊！」他說。聲音中已經沒有那股熱心等待的勁了。不管他正在等候什麼人的電話，聽到來的是我的電話他一定非常失望。

「你有律師嗎？」我問。

「怎麼啦，是的。我有一個律師，他替我們管信託的事——帳目和法律問題。」

我問：「他好不好？」

「最好的。」

「處理意外或是真刀真槍的事他行嗎——不是那種豪華辦公室，房地產的事，而是打硬仗，不勝要殺頭的事？」

「我認為他行的。他非常聰明。」

我說：「快聯絡他。」

「我不懂你在說什麼？」

我說：「要你聯絡他，和他談一下，你會需要他。」

「為什麼？」

我說：「佛山警官會找你。」

「又要找我。」

「又找你，再找你，再找你。」

「賴，我真的不懂你這樣說幹什麼？」

我說：「佛山有了個結論，他認為那翡翠墜飾在這件事裡很重要。」

「上面有幾顆翡翠失蹤了，是嗎？」

「他們現在都找到了。」

「都是在哪裡？」

「兩顆在桌上，六顆在烏鴉的籠子中，五顆在洗手池排水管裡。」

「洗手池排水管裡？」夏合利不信地重複我的話說：「天哪，怎會在這種地方的？」

「在那裡休息。在『U』型管中卡在那裡。有人想把它自水管沖下，進陰溝去。『U』型管把它留住了。」

「不懂。」

「佛山也不懂。」

「但是他怎麼會想到這件事要找我呢？」

我說：「過一下你就會更想不到了。他來找你為的是那墜飾。」

「為什麼？」

「因為我曾經去牛班明那裡問過墜飾的事。而我和你兩個又一起出現在現場過。我們承認是去拜訪麥洛伯。墜飾在麥洛伯身旁。隨便那個笨警察都可以把你和墜飾連在一起來問你。」

夏合利道：「真希望你沒有去問三問四，問那墜飾。」

我說：「本來也是你叫我去問的。」

「是的，是的，我知道的。這當然也是在我知道——知道在什麼人手裡之前的事。」

「不要自己懊惱了，你本來也是知道在什麼人手中的。你主要的目的，是要找出東西的所有人為什麼要把墜飾脫手的。」

「是的，也差不多如此。」

「但是為了某種原因，你不願意直接先去所有人那裡去問她。」

「我是想先找出來——到底是不是——」

「正是如此。」我說：「於是你雇我來查一查，而我查出來了。現在，你無法使時光倒轉了。」

「是的，時光是倒不轉的。」

我說：「今天早上我還在為墜飾問別人。沒多久我們就一起去拜訪麥洛伯。麥洛伯死了。我們對它有那麼大興趣的墜飾就在桌上，上面的翡翠被拿了下來。佛山怎麼不把這墜飾列為本案第一線索呢？」

「於是他會向你查問？」

「查問過了。」

「什麼時候？」

「剛剛。」

「什麼地方？」

「牛家的珠寶店。姓牛的在那裡，邱倍德也在那裡。」

「他們怎麼說？」

「說得也不多。」

「所以你認為佛山下個對象會是我？」

「這是我絕對保證的。」

「我要對他說些什麼？」

我說：「憑良心說就可以了。」

「我先希望你給我些建議。」

「這就是我建議你先問你律師的理由。」

「但是你為什麼不能說呢？」

「任何你和你律師說的話，都可以列為機密。沒有人可以迫你說出來的。律師可以代表你回答問題。情況不佳時，他可以叫你閉上嘴，什麼也不說。沒有人可以壓迫律師。我只是個私家偵探，私家偵探一向必須和警察合作。假如他們捉住我違背職業規定，他們會取消我們執照的。這下你懂了嗎？」

「是的，懂了。」

我說：「你有兩條路。你可以告訴他們墜飾主人本來是羅秀蘭，或者你可以告訴他們你什麼也不知道。」

「我已經告訴過他們一次，我什麼也不知道了。」

我說：「那就是為什麼我要你一定要和律師談談了。」

「我還是不懂你在說什麼？」

我說：「你已經告訴他們的，可能不是該告訴他們對的方式。我也已經罩了你夠多了。但是，在你自己鑽進去深到退不出來之前，你最好能改變一下你的說法。告訴警方，那墜飾上的翡翠都被拿掉了之後，你根本就不認識了。現在你又想了一下，你記起來以前見過了——」

「不行，」夏合利一本正經地說道：「我一定不能把羅小姐拖在裡面。我已經決定我們用一切力量要把羅小姐置身事外。」

「假如她自己告訴佛警官她告訴我的故事，這件事就可以結了。」

「對墜飾的追查也許中止了。但是，一旦大家知道了她是墜飾的主人，一定會有很多不愉快的宣傳隨之而來的。」

「墜飾以前的主人。」我糾正他的話。

「隨你怎麼說。」

「不是隨我怎麼說。」我告訴他：「該是照你要的方式說。」

「是的。」他說：「非常感謝你，賴先生。我對你這種忠於客戶的說法，非常高興。」

「忠於以前的客戶。」我又糾正他道。

「怎麼說？」他問。

我說：「你曾請過我們為你做一件事。我們做完了，交易完成了。我們不欠你，你也不欠我們。我們倆無牽無掛。套句老話叫男婚女嫁各不相干。我和你沒有關係了。」

他說：「賴，你這種想法我不贊同呀。」

「為什麼？」

「我認為在這件事上，你還應該站在我這一邊支持我。」

「哪件事？」

「整個這件事上。」

我說：「就我們偵探社言，你來是要找出有關墜飾的去向。我們弄清楚了。」

「但是，又產生了其他事件了。」

「對其他的事，你最好親自來一趟和白莎磋商磋商。」我說：「據我知道，警探們會去訪問羅秀蘭和霍勞普。」

「為什麼？」

「常規，看看他們會不會知道一些也許有用的事。」

「唐諾，謝謝你告訴我這些事。」夏合利道，突然他像是急著要收線了。

「別客氣，別客氣。」我說，把電話掛上。

我開了公司車回到偵探社去。

晨報的第一次發行已經在街上可以買到了。謀殺的事在報上，烏鴉的照片在報上，還有現場照。另外就是那墜飾。真如一般案件發生一樣，各報各記者都自己有自己的推理。打高空打得天花亂墜。

我看到一位所謂刑事記者的報導，他報導說：「據可靠方面報導，佛山警官曾盡一切可能方法訊問過那隻烏鴉，把烏鴉所說的每一個字記下來，最後得一個結論，神秘的殺人犯把一把刀刺進死者背後的時候，顯然死者正在打電話。

「佛山警官請求記者呼籲：當時，哪一位女士或先生，在和麥洛伯通話的，請趕快和警方聯絡。

「在桌上的點二二口逕自動手槍，也是偵查重點。這支手槍在命案發生的同時，曾經發射過。但是在閣樓裡，怎麼找也沒有見到彈頭。警方的理論是麥洛伯曾發射這支槍，子彈打中了兇手，所以本案的兇手是受了傷的。

「警方已廣在附近的醫院、診所、醫生方面布了線，兇手被迫就醫時，就難逃法網。」

突然，電話鈴響起。

我猶豫一下，心裡在想要聽還是不聽。然後我拿起電話，偽裝自己的聲音道：「這是清潔工。想找什麼人？」

對方的聲音我聽到過，一時可想不起是什麼人。聲音柔和，很好聽。「對不起，麻煩你了。我在想找柯賴二氏偵探社的賴唐諾先生講話。你先生既然是那裡的清潔工，不知能不能告訴我，晚上怎麼能和他聯絡上？」

「請問你是哪一位？」我問。

「我不願意留下姓名——不知你能不能告訴我怎樣能和他聯絡——」

「你一定得留下姓名，否則——」我打斷他話地說。

「對不起，先生。我真的不能告訴你這一點。這是一件比較機密的事件——」

我聽出聲音了，那是邱倍德。我說：「等一下，有人進來了。可能是賴先生，——

喔，賴先生，晚安。有個電話一定要你聽，他說是要緊事。」

我又回向電話道：「好了，賴先生來了，他來接電話。」

我放下電話，在辦公室走著，使對方可以自電話中聽到腳步聲。我拿起電話，用我本來聲音說：「我是賴唐諾，請問是什麼人？」

「喔，賴先生，是邱倍德。」

「嗯。」

「我很欣賞今天佛警官向你查問時，你回答的態度。非常有技巧。」

「謝了。」

「看到報紙了？」

「是的。」

「我已經找到了那一位，一度擁有這個墜飾的人。我不知道你是否仍有興趣繼續調查。」

「他叫什麼名字？」

「本婉律。」

「住址在什麼地方？」

「九街上的許願井公寓。我手頭上沒有她的公寓號碼，但是到那裡你可以看名牌。」

「我知道那地方。」我告訴他。

「怕你想知道，所以告訴你。」

「謝了。」

「有用處嗎？」

「倒也不十分有用。」我心情愉快地告訴他道：「我受雇去做一件事。我做好了，也收了款了，事情結了。不過你對我的好意，我謝謝你。」

「喔，不過我告訴你，」邱倍德道：「我看來這件事有調查的必要。」

「那麼你應該和佛山警官聯絡一下。」

「不行，不行，我不能這樣做。你該瞭解——發生了那麼許多事——我覺得最不能打交道的是警察。」

「為什麼？」

「會把場面弄亂了。」邱倍德突然快快地說：「賴，這樣說好了，在這件事上，你有一個客戶。」

「我曾經有過一個客戶。」

「我幾乎可以確定你的客戶要你調查這件事。這是一個重要線索——機密來源呀。是我個人認為你會重視的。」

我說：「謝謝你告訴我。」

他猶豫了半晌。他說：「沒關係。」把電話掛了。

我快速乘電梯下樓，跨進公司車，很快開車到許願井公寓。門口的名牌可以看到本婉律住在三二八公寓號碼。我在樓下門口按鈴，幾乎立即的一陣嗡聲，街門打開。

我把門推開，走進去。

自動電梯把我帶上三樓，我找到本婉律的公寓門，在門上敲門。

「什麼人？」她問。

我說：「我是賴先生，你不認識我的。」

她把門打開一條縫，我看到一條安全鏈掛在門上。顯然她對近午夜來訪的年輕人是相當不放心的。

我開門見山地說：「我的名字是賴唐諾，我是一個私家偵探。我在追蹤一件首飾。我認為你對這件事是有所知的。我能進來嗎？」

她經過開著的門縫，很仔細地看著我。突然她笑了。把安全鏈打開，把門開啟。

「當然可以，」她說：「一個男人，直直爽爽，絕不會——」

她自己停下，顯然，她想要說的話，不見得恭維，於是她把聲音降低，笑一笑了事。

「不安全的？」我問，把她的話來結束。

她繼續笑，「不是，不是，我安全感很高的，請進來。」

公寓小巧精緻。維持得很清潔。一看就知道是有人住的，但是乾乾淨淨。

她指著一張椅子說：「請坐下來談。」

我等她坐下，然後自己坐下。

我說：「今晚出來的明天早報，你看過了嗎？」

「還沒有。」

我說：「我在追蹤一個墜飾。我有消息你可能知道一點。」

她好奇地問：「消息是什麼人給你的？」

「這是偵探最不能洩露的一件事——消息來源。」

她想了一下，說：「應該的。」

我自身邊拿出報紙。我早就準備好，把報紙摺疊成只給她看墜飾的照片，其他什麼也看不到。我交到她面前道：「是這一個墜飾。你能告訴我，你知道什麼嗎？」

她看著照片，看了半晌，隨隨便便調整一下照片的位置，這樣她就可以看到照片下面有什麼說明。說明上說這是在謀殺現場靠近死者桌上所發現的墜飾，墜飾上十三粒翡翠已被故意除下。

於是她又把報紙打開，看到底是什麼人死了。

這過程中，她的臉上表情是絲毫未變動的。她的手也鎮靜地握著報紙。沒有驚奇，沒有呼吸改變，沒有出聲叫出來。

注意觀察她，她大概是二十四歲。她金黃大鬈的頭髮，色澤有如老式糖蜜太妃。她前額角度整齊，眉毛直直兩條，給人以集中精力思考的樣子。她的嘴唇夠薄，像是相當苛刻，但是嘴巴則是敏感的——隨時可以笑容相對的樣子。整個臉上綜合起來她是個可以相處，但是會說變臉就變臉的女人。

她自報上把眼抬起來。她說：「你想要知道什麼？」

「那墜飾，」我說：「你看起來有眼熟嗎？」

她把這問題研究了一下。她說：「有可能。能告訴其中關聯嗎？」

「我所知道的比報上說的只少不多。」

「我還沒有仔細看報上的報導。只看了標題。我想報上照片裡那個墜飾，發現於謀殺死亡人房間裡的桌子上。」

「是的。」

她說：「老實說，賴先生，我無法確定這個墜飾的樣子。我可以這樣告訴你，我有一些屬於我們家中有相當久的古董首飾。其中大部份是垃圾——也就是說寶石不值錢，鑲工又過時。有一個墜飾，倒和相片中的極為相似。不過這也不表示什麼意義。古時候一定有一大批的墜飾都是那種樣子的。」

「這一個特殊的墜飾，後來怎麼啦？」

「沒有什麼後來呀，只是一個墜飾而已，它和報上那個極像，但是並不是完全一樣。」

「你什麼意思？」

她說：「我從來沒有過一個十三顆翡翠鑲成的墜飾。據我看我的墜飾只是報上素描那一個藝術精品的複製品而已。但是我的那個墜飾，上面鑲的一顆是人工合成紅寶石，其他都是暗紅的石榴石。」

「墜飾後來哪裡去了？」

「我賣掉了。」

「賣給什麼人？」

「你為什麼問呢？」

我大笑說：「我也不知道。也許因為我是偵探，習慣於問問題了。我來這裡為的是調查事情，所以每一個角度都免不了東問西問。」

她把報紙還給我。她銀灰的眼珠思慮地看著我。她說：「事實上我把它賣給了一個姓邱的男人——是個經紀人，偶然也做一些這一類的買賣。至少有人告訴我如此的。」

「有意思，」我說：「你是怎麼會正好和姓邱的碰上的呢？」

「不是偶然碰上的。」她說：「我把他找出來的。」

我把眉毛抬起。

她淺淺一笑道：「我把首飾拿到一個店裡去。」

「牛氏首飾？」我問。

「老天，不是的，牛氏是高級店。我去的是最小的店。街口那一類的。我說過我有一批，其中一只戒指算最值錢的了。戒指上有一只相當大的鑽石，不過連我自己都感到——那是那老式的切割方法——不對勁。另外還有幾支銇——你知道古時女士們備在胸襟上的。」

我笑向她說：「說下去。」

「而這一個墜飾和一條手鏈，我認為只有金子是值錢的。」

「你是怎麼見到姓邱的？」

「小首飾店老闆用秤稱這些首飾，以金子的重量給我出了個價。我認為太低了一些。他解釋給我聽，他出的價是金子重量加那鑽石的價格。其他的石頭都實際上不值幾文。他說，他有一個朋友對這一類古董玩意兒也許肯多出一些錢。他說那個人有客戶喜歡古董的首飾。」

「他提起姓邱的名字？」

「那時沒有。」

「於是怎麼啦？」

「於是老闆聯絡了這個男人，另外給了我一個價格。比原來他給我估價的當然高，幾乎是一倍的價格的。」

「你當然接受了？」

她說：「我當然不能接受。突然增加那麼許多估價，使我想起這一批首飾中也許還有一些價值——反正，你知道，我在想他們是一定會占我便宜的。所以我告訴老闆，我改變主意，決定不賣了，把首飾拿了回來。」

「又如何？」

「我又把它拿去給別的珠寶店看。」

「別的珠寶店怎麼說？」

「他的估價一如第一次那家第一次給我的出價。也說除了金子外，其他不值什麼錢。」

「你又如何？」

「我問他們，不是有的人專門處理古董首飾，由於他們有特殊買主所以能出較好的價格。他說他從來也沒有聽說過這一類生意。所以我又把首飾拿回第一家店，我老實和他們攤牌，我說我決定要賣掉這些首飾，我對他們兩次開價如此離譜，十分不滿，我不在乎他們賺取固定利潤，但是在顧客身上賺暴利不是生意之道。」

「他們怎麼說？」

「老闆大笑，他說他懂得我會怎麼想。他走去收銀機拿出一張邱先生的名片告訴我說：『那麼請你直接去和這位先生接頭，假如你能想到我，請你在總價中給我百分之十五的介紹費，我本來也只想賺你百分之十五。』」

「於是你自己去找邱先生？」

「於是我自己去找邱先生。」她說：「最後我和邱先生作成了這筆交易，我付了百分之十五給首飾店老闆後，還比最初我假如賣掉，多了四十元錢。」

「本小姐，那墜飾是在一批舊首飾裡的——我想這一批，連那墜飾，都被姓邱的買去了，是嗎？」

「所有的一批，是的，全部。」

「而那墜飾，他有沒有顯得特別發生興趣呢？」

「哪一件也沒有什麼特別引起他興趣。」她說：「他的生意看起來像投資。偶或有時他會有一些想要些古董首飾的客人。據說是像有的人想收集古董傢俱一樣。他說有時他能用較高的價格出售這一類古董。這些東西中，他對錶似乎比其他的首飾有興趣。他說這些錶修理修理還可以走得很準。」

我說：「以他這種才能的人，來做這一種生意，也是很奇怪的，是嗎？」

「他有什麼才能？」她問。

「我怎麼會知道，」我說：「不過他穿著十分整潔，開一輛非常好的車子，顯然賺很多錢，還要維持一個辦公室。」

她說：「我想這種古董首飾只是他副業而已。我相信他另有辦法賺大錢，但是他也不忘記可以賺小錢的副業。」

「我看你的眼光相當正確。」

「我想在你這一行，你必須經常有看人的能力。」

「也不過是盡力而已。」

她說：「我就喜歡看人。反正我認為別人看我，也是先有個印象，然後看我人格，第一個印象和人格，比什麼都重要。而我自己每次看到人也總是想研究他的人格。」

「你見到邱倍德又是多久之前的事？」

「三、四個月之前。」

「你不認識麥洛伯？」

「從未聽到過這名字？」

「在你的那批首飾裡，有翡翠嗎？」

「老天，沒有。」

「你去過南美洲嗎？」

「別傻了，我靠工作吃飯。」

「你不在乎的話，我想問你是做什麼的？」

「一位保險商的秘書。」

「在你出賣這批首飾的時候，你有什麼特別理由要用錢嗎？」

她大笑道：「你還真能得寸進尺，嗯？」

「非但得寸進尺，有的時候我把腦袋也伸進別人掌握去。有什麼辦法，不問問題，在我這一行得不到消息。」

她說：「看來我已經告訴給你夠多了，是嗎？」

「我也認為是的。我目前不過是隨便問問了。把各方面能瞭解的都涵蓋到，看能不能歸納出點東西來。」

「那墜飾有什麼重要呢？」

「我也不知道，它在謀殺案裡佔了一個位置。」

「那報上說的墜飾不是屬於麥洛伯的嗎？」

「我想是的。」

她說：「這樣好了，賴先生，我要和你坦白。那不是我的墜飾。你所有興趣的顯然是個翡翠墜飾，我的墜飾在外型設計上是相似的，但是你我都知道，設計不過是一段時間流行如此。那時至少有成千上萬這種設計的墜飾在市場中賣。其中大部份可能已經熔掉了，不見了。但是，沒有出售，留在人手上的一定尚也有不少——所以說起來也不是太困難，假如有人存心要——」

「存心要怎樣？」她停下來時，我問她道。

「存心要照樣打一個的話，也不是件難事。」

「你認為姓邱的有這個打算？」

她說：「我可沒有說。」

「我是在問你是不是如此認為？」

她說：「怎麼說，你是個偵探。該由你來用腦子想。」

我說：「好吧，由我來想，就由我來想好了。」

她立即站將起來——冷靜，自信，姿態中明顯表示會晤已經結束，我可以告退了。

「那麼就再見了。」我說：「你所知道的都告訴我了嗎？」

「全說了。」

我告退了，下來找了一個公用電話，我打電話給邱倍德。他在他辦公室。他在等候。

「找出什麼東西嗎？」他一聽是我的聲音，立即問道。

我說：「是的，我找到不少事實。」

「她能認出那墜飾嗎？」

我說：「她的墜飾有一顆人造紅寶石，其他都是紅的石榴石。」

他說：「喔。」

我問：「什麼使你想起本小姐來的？」

他說：「老實說，賴，那不過突然出現在腦子中的一件事而已，我突然記起來我和一位年輕小姐有過一筆古董首飾的交易，其中有個相似的墜飾，我找回我的紀錄本子，找到她的名字、地址，我就試著告訴你。」

「你把那些首飾怎麼處理了？」

「分批處理，兩隻錶我得到了不少利潤。其他差不多都是垃圾。」

「你沒有把墜飾交給麥洛伯吧？」

「老天，沒有。我不會把首飾隨便給人的。」

「他沒有向你買吧？」

「沒有。」

我說：「好吧，謝謝你的秘密消息。」

「你會有所作為吧？」

我說：「不會的，好兄弟。我對這件事不會有所作為。我不知道你和這位小姐有什麼牽連。我不知道警方為找出這墜飾的原來主人，肯花多少精力。但是我知道，假如我跑去看佛山警官，給他一個大大的內幕秘密消息，結果發現是要把他們注意力引開，使他們猛兜圈子，佛警官不會高興的。當然我自己也不會高興了。我們要再見了，再見。」

我在邱倍德能想到任何答辯之前，一下把電話掛了。

第十章　甜蜜的小女孩

發現沒有警車在霍勞普的門口。我放了不少的心。那是較為高級的一幢公寓。門庭裡值班的代我通報，我正要按他公寓鈴時，他把門打開了。

他是一個年輕體健，乾淨俐落的小夥子，有一雙嘲弄自己和別人，玩世不恭的眼睛。他的右腿明顯地短於左腿。他站在門口耐心地聽我告訴他我的職業。我告訴他我要見他，於是他請我進門。

這種公寓租金是很貴的。一張堅固實用的工作桌，放在公寓裡明顯方便的位置，上面亂置了報紙。立地燈亮著，指示出我進來之前，他坐著看報的座位。

我看到一些信紙信封，上面印的是「頂好車體熔焊板金工廠」，另外我也見到馬經和賽馬成績紀錄單。

霍勞普不喜歡我看他工作桌的那種方式。「好吧，」他說：「有什麼事，簡單點快點說吧。」

我說：「我想和你談談侯珊瑚女士的信託金。」

他的眼睛立即亮起了懷疑，一層冷冷的面紗掛上臉前。

「你對這信託金知道些什麼？」他問。

「我曾匆匆看了一遍。」

他譏諷地大笑道：「於是你認為一切都懂了，是嗎？」

「我懂一點點。」

他說：「本州最好的律師，曾經逐字研究，仔細討論。不太需要你來自作多情了。」

「我沒有。」

「你要什麼？」

「我要和你談話。」

「談什麼？」

「這裡面你可以拿到多少？」

「不干你的事。」

「想不想從裡面多拿一點？」

「別傻了。」

我說：「現在我是個偵探。以前我一直是個律師。」

「我已經有個律師了。」

「他替你做了些什麼事？」

「能做的都做了。」

「結果又如何？」

「一點也沒有。」

「我想也是如此的。」

他說：「侯珊瑚是個女魔王。」

「我覺得她對你不錯。」

「才怪。每次我要一點錢，先得去親兩個老鬼的靴子。去他的！我寧可等他們滾蛋。」

「然則，他們仍可以指定只給你一份年金。」

「是可能。」

「你的律師對這信託條件的合法性，有什麼意見？」

「他認為無瑕可擊，無法可以打破的。」

「為何呢？」

「你看了遺囑沒有？」

「我匆匆看了一下信託的條件。」

「但是你沒有看遺囑？」

「沒有。」

「遺囑上她這樣註明的，假如所列的原因，使信託部分或全部作廢，繼承人等成為剩餘遺產繼承人，可以把遺下的錢、房地產，全部依信託條件平分。但是她也註明：任何一個人，對遺囑和信託條件發生不滿，發生疑問，想要設法使它作廢，告進法庭想打官司，立即廢除他（她）的繼承權，在財產、房地產、信託金上不再分他任何權益。所以你看，有什麼人能繞過這一關，去攻城掠地呢。即使是把全加州的律師都請來，也是沒有用的。」

「你從這裡面每個月拿到五百元？」

「我從裡面拿錢付我自己的律師。」

「為什麼呢？這種事付一次顧問費，自他那裡得到建議，就可以結了。為什麼要養一個律師呢？」

「查他們帳，看住他們不要支用過頭了，看住他們給另一位受託人多少錢。即使如此，他們南美洲、北美洲來回的飛，你看看他們報的消費帳。」

「數目字很大？」

「除了棺材外，什麼都由信託金開支。」

「目前他們弄得不錯，有錢賺。給秀蘭的也和給你的一樣多。」

「喔。你到底在搞什麼鬼？」

「我認為我可以和你兩個人交換一點情報，對我們兩個都會有利的。」

「從你有的情報先說起。」

「最晚出的明天早報，見過了嗎？」

「還沒有。」

我說：「過不多久，警察就要到這裡來了。」

「警察？」

「是的。」

他的眼睛穩定，沒有什麼表情。他問：「為什麼？」

我說：「兩個信託人之一，麥洛伯，今天下午被謀殺了。」

「什麼人把他殺了？」

「他們不知道。」

「你不騙人吧？」

「是真的。」

他自身上掏出一只香菸匣，取出一支菸，點上。他問：「有動機嗎？」

「沒有人知道。」

「你為什麼來告訴我？」

「我自己也說不上來。我曾替一個和信託有關的男人工作過，所以我對這事發生了興趣。我見過羅秀蘭，腦子裡想也應該見見你。」

「為什麼要見？」

「我告訴過你，我自己也不知道。」

他不出聲，吸了一兩秒鐘的菸。然後他很快，神經質地講話。香菸在他唇上半黏著跳上跳下。小小的煙霧堆和說話聲同時自嘴中噴出。「即使那個人死了，我還是沒有理由一定要假裝是個偽君子。我恨透了這個人。我不喜歡他，也不喜歡另外一個夏合利——兩個衣寇禽獸！

「他們是信託人。他們做得天衣無縫。侯珊瑚可對他們真有信心。據我後來調查，除了侯珊瑚，從來沒有人相信過他們。但是你別傻，那張信託是鋼筋水泥的橋頭堡，原子彈也炸不透的。利用這信託，他們能剝奪我每一分的錢，而且他們計畫好要這樣做的。目前當然他們還在裝模作樣地做。到時才會露出尾巴來。

「我的律師叫我不可冒險，要依他們規定走，一旦他們把錢多分給秀蘭一些，我們就可以說他們勾結，不公平。但是還得要我生活得沒有瑕疵。所以這些混蛋在飛來飛去的時候，我尚需自己經營一個骯髒的車體工廠。你懂了嗎？我打不破這個信託條件。不過，他們如果和另外一個受益人有勾結，那我就可以設法除去他們——說他們不夠資格做信託人，把全部侯珊瑚的財產放進信託基金，把信託人弄走。」

我說：「但是到目前為止，他們沒有勾結，對嗎？秀蘭每次拿錢都和你一樣多。」

「喔，親愛的小秀蘭，那是另外一件事，」他說，聲音中充滿了顫抖和怒氣：「那是人見人愛的小東西，每次她見到所謂的叔叔，都是無所謂的。先來上一個香吻，怎麼不叫那些挖金子的臉紅脖子粗。一個甜蜜的小女孩。我不拿的她也不拿。但是，她住在一個豪華公寓裡。穿的是和巴黎同步的時裝。她一半時間在美容院。她鈔票從什麼地方來的？」

「那是我想問你幾件事當中的第一件。」我說。

「去問她呀！」他說：「去問夏合利呀！去問麥洛伯呀！依據信託目前執行方式，她和我拿相同多的錢。她的錢從哪裡來的，我一直在自問。」

「據我知道，她另有自己獨立的固定收入。」

他大笑。「自己的收入是沒有錯。假如我是一個金髮女郎，我有修長大腿，穿上絲襪、短褲，我也會有自己的收入。這筆收入你只能問夏合利，問麥洛伯了。」

「我沒有辦法問麥洛伯了，他死了。」

「那你問夏合利呀。」

「我想他以前被人問過了，是嗎？」

「這混帳的還有得被問吶。」

「羅秀蘭和你有親戚關係嗎？」我問。

「嗨，」他奇怪地說：「你知道這件事，而你竟不知道羅秀蘭是什麼人？」

「她是什麼人？」

「親愛的小秀蘭，」他嘲弄地說：「是國內一位遠親的孤女，知道了嗎？侯珊瑚離開南美，返國八到九個月。她回來的時候帶了一個小嬰兒。據說是遠親的女兒，父母雙雙突然死亡，你自己去研究研究好了。」

「你的意思是侯珊瑚回國，生下了一個女兒？」

他聳聳雙肩。

「假如是這樣的話，秀蘭的父親又是什麼人？」

「沒錯，」他惡意睨視我問道：「秀蘭的父親又是什麼人？」

「你知道嗎？」

「我知道我今天說得太多了。」他說：「是你戳到我痛處了。麥洛伯怎麼回事？」

我說：「麥洛伯死掉了。他有隻寵物烏鴉，滿屋子亂飛。」

「是的，這隻烏鴉我知道。」

「還有一個翡翠墜飾，」我說，一面仔細看他臉部表情：「那翡翠墜飾你也知道嗎？」

他搖搖頭。

「好吧，」我說：「有一件事，你一定要認帳。那兩個男人是相當好的生意人。他們設法可以付出信託金有關的一切開支，而信託金能越來越多。」

他古怪地看著我。站起來走向房間的另一面。那裡有一架電話裝在牆上，他拿起電話撥了一個號碼，對方接話時，他說：「吉盟，我是霍勞普。我才得到一個消息，麥洛伯今天下午死翹翹了。你證實一下。要是是真的，我們來查一下，麥洛伯在信託開始的時候，自己有多少錢，現在死的時候，又有多少私產。同時，你看看能不能查一下他的私人往來，看看有沒有他的私人支票是羅秀蘭的固定收入。懂了嗎？」

對方說話時他沒有開口，然後他說：「是我從一個人那裡聽來的消息。那個人還在這裡和我說話。他說警方會來查這件事的每一角度。看來是我有動機的……當然。……當然我會小心……為什麼我要偽裝喜歡那老混蛋？對我來說，我高興他死翹翹了。……好吧，好吧，我會小心的……你查一下，打電話回我，好嗎？」

他把電話掛上，回身看我，好像他真正第一次見到我一樣。「你聽的能力很強，但是說得不多。看來我今晚說多了。你可以滾了。」

我說。「我認為我也許能……」

「你聽我說過了。你可以滾了。」

「我無所謂。」我告訴他：「彼此沒有不愉快。我不過走過這裡進來一下而已。」

「你也許不是惡意。」他說：「我的律師打電話回來時，我就會知道更多了。嗨，你有名片嗎？」

我拿一張我的名片給他。我說：「假如不讓警方知道我來過這裡，我會自在很多。」

「不作正面允諾。」他說，一面看我給他的偵探社名片：「你是哪一位？柯，還是賴？」

「我是賴。柯是一位女人。」

「你也許沒惡意。」霍勞普說：「真如此的話，我還會再和你談談。你說你在本案下過一點功夫。是什麼人雇你的？是夏合利，是嗎？」

我擠半個身子到門外，向他笑笑。

「你混蛋，」霍勞普說：「假如我發現是夏合利，我把你混蛋的脖子扭斷。絕不是說說算了。我真的要扭斷你的脖子。」

他蹣跚跛行地追出房門，走上走道，跟在我後面。

我走向樓梯。在樓梯口站定，我說：「信託條件中有一條，你的律師可能忽視了。」

「我的律師一件事也不會忽視。」

「當兩位信託人都死了，或是信託因故中止了，財產就必須一分為二了。」

他站在那裡，皺起額頭向我，不論他臉上曾有過什麼表情，現在一點痕跡也沒有。

「你閒事管得很多，你知道很多。」他說。

我說：「已經死掉一個了。」

我走下樓去。

第十一章　有毒的糖果

第二天早上，我走進辦公室的時候，柯白莎用久候的眼光等著。「唐諾，親愛的。你一舉中的，你真的能幹，我白莎就知道我們搭上發財列車了。」

「又怎麼啦？」我問，一下坐下來。

「夏合利，」她說：「你把他完全制伏了。」

「喔！是他。」

「唐諾，他才打電話進來。五百元一週，他要你全力以赴。」

「多少全力？」

「全部時間。他要你做他個人保鏢。」

「多久？」

「他說至少六個星期。」

「告訴他去他的。」

柯白莎一下在椅子中坐直，椅子咯吱咯吱的大響。「怎麼說？」她問。

「夏合利，你叫他跳湖去，我們不要他。」

「你什麼意思？為什麼說我們不要他？」白莎向我大喊道：「你耍大牌，你自以為了不起，你喜怒無常，你混蛋，五百元一個禮拜，你不要？你瘋啦？」

「ＯＫ，」我說：「你去做保鏢。」

「我？」

「你。」

「他不要我，他要你。」

我說：「亂講，我這樣子怎麼能做保鏢，你倒正合適。」

她向我怒視。

我說：「我要出去一下，去管一些閒事。那隻麥洛伯的烏鴉現在怎麼樣了，你不知道吧？」

「我不知道，再說我幹嘛要知道？」白莎道：「假如你認為你要把兩千純利一個月的工作拋掉，你就是瘋了。那是六十五元一天呀。仔細想想。」

「我是在想。」

突然，她改變他的戰略。「唐諾，親愛的，你總是愛開我白莎的玩笑。你在說笑，是嗎？」

我不吭聲。

她溫馴地笑著說：「白莎就知道你，白莎一直依賴你的。當情況嚴重的時候，你總是多負一點責任，渡過一切難關的。」

我還是不說話。

過了一下，她繼續道：「我還能記得那一天你到這裡來找事做。那些日子裡人浮於事，你在挨餓，事不好找，唐諾。當時要是有像夏合利這樣給我們的工作，我們要得快，不是嗎，唐諾？」（事見第一集《來勢洶洶》）

「是的。」

她向我笑道：「我絕不會忘記那時你多弱，多走楣運。你又餓，又沒錢，任何工作你都幹了。不過你肯工作。白莎叫你做什麼，你做什麼。此後白莎給你較重要的工作，之後，我們又變成了合夥人。還不錯，是嗎，唐諾？」

「是還不錯。」

「我知道你會對我感恩的，唐諾。」白莎說：「雖然你本來就是三竿子也打不出一個屁來那種人。」

我說：「我初來求職時，你這個偵探社是個三流貨，蹩腳公司。每個月一手來一手去，只能撿一些別的偵探社懶得接手的案子。你接手一些你所謂賊律師、鬼律師甩過來的離婚案。你什麼都幹，就是不知道怎樣可以去賺五百元一個月。你——」

「那是亂講！」她大喊道。

「我加入你之後，」我說：「你出去玩，你釣魚，你的所得稅付得比以前每年收入還多。當然我感恩。你感恩過嗎？」

她在辦公椅中搖前搖後。生氣使她把嘴唇抿成一條橫橫的直線。她說：「假如你要放棄這五百元一個禮拜的工作，我要和你散夥，自己來處理這件事。」

「我無所謂。」我說，站起來，走向外去。

白莎等我走近外面大門。然後我聽到椅子大大吱咯一下，白莎站起來，站到她私人辦公室門口。「唐諾，還有什麼話要說嗎？」

「不是一直由你在說嗎？」

柯白莎把大門關上。卜愛茜感到了什麼嚴重大事已經發生，暫停了她的工作。

白莎說：「唐諾。你為什麼不肯替他工作？」

我說：「我不能確定他要我做什麼。」

「他說過，他要你做他的保鏢，唐諾。他認為他會有危險。你認為他真會有危險嗎？」

我說：「二十萬元的信託金。只要他活著，他可以作任何比例的分配，當他死了，信託就中止。他的另一位相同職位的人，被人自背後刺了一刀，直透心臟。你倒自己合計合計。假如你開一個人壽保險公司，你會照一般收費給他保人壽險嗎？」

她說：「唐諾，你雖嘴硬，但是，你心中不是如此想，你不相信會有這種結果，是嗎？」

我說：「夏合利相信的。」

「唐諾，你為何對他有偏見？他有什麼不好？」

我說：「今天我不是挺想工作。我要點時間來做研究的工作。」

「研究什麼？」

「烏鴉的習性。」我說，走出門去，把門關上。

我看到白莎最後一瞥，是見到她突然臉上沖上血色，像是血壓已升高到中風的程度。從門一關上，卜愛茜立即劈劈啪啪的打字，我知道愛茜在怕——怕白莎會遷怒，找她出氣。

我又把門打開。

白莎已經走到愛茜桌前，低頭在怒視她。我開門時聽到她在說：「……再說，我和唐諾在作商業的磋商時，我不喜歡有人偷偷的竊聽。你來這裡是打字。你的工作已經做不完——假如你說打字已打完了，我還有的是工作可以交給你。你給我多多打字。另外還有件事……」

「另外還有件事，」我對白莎說：「我已經下了決心，卜愛茜需要一個助手。她的助手可以專做你的秘書。愛茜變我的私人秘書。你試試職工介紹所看，不知他們有沒有中你的意的。我已經和大樓經理談過了，我要租那相連的辦公室下來，打通了做我的私人辦公室。打通的費用大樓負責。」

白莎轉身，凝視我道：「為什麼，你——你——」

「說下去呀！」我說。

白莎的嘴唇慢慢地笑成一條硬硬的線。「你想你是什麼人？」她怪異地問道。

「發財列車的開車人。看看你的車票，看你能搭車一直到多遠。」我說，又把門關上。

這次我沒有聽到卜愛茜的打字聲。

這次我出去找葛多娜小姐，她是另外有一隻鳥籠可以讓烏鴉休息的人。

她的地址，我發現，是在一幢次等平房後園的自建小屋裡。有一段時間很多有園子的房子，時尚自建一個小屋，可以收二十、三十元一個月的租金。

替我開門的年輕女人是個瘦高個子，運動健美型的美女，她是休閒、運動、游泳裝廣告最理想的模特兒。她是褐髮的，皮膚上透著金髮女郎才會有的健康紅色。

她很友善，像是一隻熱心的小狗。我一開口問：「請問你是不是葛多娜小姐？」她立即笑著說：「你一定是為烏鴉來的另一位記者。」

我說：「事實上，雖然我不能算是個記者，但是我對烏鴉有興趣是對的。不知能不能對我說一點烏鴉的事呢？」

「沒關係，請進來。」

我走進迷你的小客廳，自己覺得擠進了娃娃屋。她指個椅子讓我坐，自己也坐下。

「你想知道些什麼？」她說。

「烏鴉現在在哪裡？」我問。

她大笑。「烏鴉現在在柴房裡。麥先生，當然，能給潘巧任何牠要的東西。我不行。我的房東認為烏鴉是不祥之物，放在柴房裡已經是最大極限了。」

「你怎麼會正好有這隻烏鴉的？」

「我和潘巧本來是老朋友。牠至少有一半時間是和我在一起的。」

我做個姿態鼓勵她講下去。

她說：「我的父親是葛忠誠。烏鴉的名字是跟從我父親的名字而起的。潘巧在西班牙語中的意思，是忠厚老實。」

「那麼，你是認識麥先生的？」

「喔，是的。」

「很久了？」

「自我是孩子開始。」

「你也認識夏合利？」

她點點頭。

「羅秀蘭？」

她說：「我知道羅秀蘭。我們不——我不常見到她，我們不同路。」

「那麼霍勞普呢？」

「喔，認識。」

我說：「這我有興趣。」

她搖搖頭道：「這裡面沒有什麼情節。我的父親葛忠誠是侯珊瑚好幾個礦場的經理。我是小嬰兒的時候，侯小姐死了。我記不起她。我的父親在三四年後死於一次礦場災變。麥先生，夏先生都非常喜歡我父親，知道他也在礦裡死了，傷心得不得了。他們感到我父親是這些礦的原始建功人之一。大部分礦裡的錢財，是在侯小姐死亡後三到四年內賺來的。」

「烏鴉怎樣認識你的？」

「喔，烏鴉。烏鴉是我的老朋友。潘巧喜歡飛來飛去，而烏鴉需要運動。所以麥先生把他的地方修成隨便烏鴉的高興，隨時可以飛進飛出。而我最多只能給牠一個柴房存身，所以我在柴房裡放了一只籠子，拿掉了窗子上的一塊玻璃板，隨牠去飛。潘巧隨時可以飛來見我。牠停在柴房屋頂上嘎嘎叫我。我就出去，和牠講話，讓牠停在我肩上，我給牠一點牠喜歡的東西吃。假如我不在家，牠會飛進柴房在籠子裡等我，或是飛回麥先生的家。自從這件糟糕事發生後，牠一直在這裡，牠寂寞得很。你要見牠嗎？」

我說：「是的，我要。」

她帶路，經過房後來到一個小的堆放木柴的小房子。小房子不到十呎見方，堆滿了老的破爛、紙盒、木柴、廢車胎和引火柴。

「你看，」她解釋道：「現在取暖都用瓦斯了，雖然房東前面的房子裡有壁爐，但是已廢棄不用了。潘巧會在籠子裡。進來吧，潘巧，你在哪裡？」

我現在看到鳥籠了，它是高掛在柴屋黑暗的一角的。是我在麥家見到那只鳥籠的複製品。兩只鳥籠幾乎是完全一樣的。當她呼叫時，我聽到窸窣的行動聲。我一下看不到籠子最暗的一角裡，烏鴉在裡面。然後牠竄出鳥籠，振振翅膀，飛向葛小姐。突然，牠看到了我，很快逗人地側向一側。

「來，潘巧。」葛小姐伸出一隻手指。

烏鴉扭過頭，用牠明亮的眼睛斜著我。「騙人！」牠說。跟下來是沙啞刺耳的烏鴉式歡樂大笑。

「潘巧，不可以這樣。這樣不乖。這不是好的烏鴉格調，到這裡來。」

烏鴉試著飛向她。暫停在都是灰塵的火爐木段上。

「過來，賴先生要和你做朋友。他很想和你多熟悉一下。過來，向他打個招呼。」

烏鴉跳了一下，振振翅，拍了幾下翅膀飛起來停在她手指上。她用另一隻手撫摸牠的喉嚨。她說：「牠不喜歡我們把手放牠頭上去摸。我們在處罰牠時就摸牠頭。只要把手放在牠頭上面，牠就會十分生氣。我想這和牠天性有關，鳥類喜歡自由，不喜歡被關起來，把手放在牠頭的上面，牠就飛不起來。逃避的路線也封死了。潘巧，你見見賴先生。」

她把手移向我，我也把手指伸出來。潘巧不要我。牠一面退縮，一面咕嚕出沙啞的聲音。我聽不懂牠在說什麼。

她大笑道：「牠在說：『走開，』牠說得不清楚。『騙人』比較容易說。牠真好玩，是個淘氣鬼——喔，我真希望能把牠帶到牠該去的那大房子。牠不習慣像現在那樣長時間聚居這裡。我在想牠是懂得牠的主人已經死了，所以牠情緒不好。」

我說：「你這裡離開麥先生家不遠，是嗎？」

「三、四條街而已。」

「潘巧除了來這裡和麥家外，還會去哪裡？」

「我們認為還有。」她說。

「我們？」

「麥先生和我。我十分清楚，這是……有時……」

「你是說你認為牠另外尚有去處？」

「是的，但是我們不知道去哪。要知道潘巧是一隻很聰明，非常保守的鳥。是不是，潘巧？但是，有的時候，潘巧就是走了，麥先生和我兩個人都不知道牠去哪裡了，抱歉，潘巧，你是隻很重的鳥，多娜哪能站在這裡，把手伸出來，老讓你站在手指上。你到底要不要和賴先生親近一下？」她把手移近向我，再一次烏鴉向後退縮。多娜伸出手，向鳥籠的方向給烏鴉一點推動起飛的力量。

「騙人，」牠向她叫道：「走開，走開！」牠跳回木段，又飛回鳥籠。

「牠真的精神不正常了，」她說：「我要和牠溝通，但是牠脾氣來了，情緒又不佳。賴先生，你要回屋坐坐嗎？」

「麥先生常出去旅行是嗎？他不在的時候潘巧都在這裡嗎？」

「當然，麥先生關心的事業都在哥倫比亞，他又不能來去帶隻烏鴉。麥先生事必躬親，所以他常去哥倫比亞。但是我知道他也並不真喜歡去，他寧可在這裡和潘巧在一起，他也喜歡這裡。不過，每次他出門，潘巧總是由我招呼的。」

「你的父親死了，」回進房子，我問：「你母親健在嗎？」

「是的。」

「在本市？」

「是的。」

簡單的回答，使我知道，有關她母親的事，她很保守，多半不會自己主動提供消息。

「請你原諒我的無禮，是不是她又結婚了？」

「沒有。」

「你是不是在做事？」我問道：「我知道我問得太……」

她笑笑道：「沒關係。相信你是靠獲得消息吃飯的。我是文藝界的自由人。」

「作家嗎？」我問。

「商業藝術工作。我畫素描，有時我也賣素描。有時依客戶的需要，我替他們作畫——比如有個公司要一位小姐，靠在船的欄杆上，海風吹著她頭髮——我給你看。」

她打開一個壁櫥的門，拖出一個大的畫布夾，打開一張。一位年輕女孩站在船舷欄杆旁，海風在吹她頭髮，也吹著她的白短裙，長長的腿，美得不得了。一件緊身毛衣，該強調的地方都強調出來了。

我對藝術沒有什麼修養，但這幅畫非常清晰。我想一定是因為她對白的色彩使用得非常得體，又因為看的人可以得到它有風的暗示。圖畫充滿了人生，你可以看到女孩眼睛期待地望向海洋彼岸。由於眼睛是望向水平線以上某一點，所以有一種期待未來人生的味道——而且是她敢面對，勇於接受挑戰的。微風吹得短裙貼上她的腿，給人一種感覺，她喜歡微風撫摸肉身，有點超然於世。長襪以上，短裙以下，只露出一點點的粉紅色大腿——不多，也已夠欣賞的了。

「怎麼樣？」她眼睛看向我臉上。

「好得不得了。」我告訴她：「像真的一樣，甚至真的也沒有這樣傳神。」

她鬆下一口氣說：「這是一家海上旅行的公司要我畫的一幅宣傳畫。我畫好之後，大老闆又改變他宣傳的主力了。他決定要用月光之夜，年輕女孩靠在欄杆上，船下有月色的反照，身旁有穿晚禮服的男士俯身向她在訴說什麼，背景是船艙裡的舞衫裙釵。」

我說：「還是這張好，假如他不喜歡，他是大笨蛋。」

「但是，他是老闆，他改變主意了，如此而已。那個宣傳主管，是他出的這張畫的主意，他說畫得非常好。老闆只看了一眼，他決定要月光，要晚上——主要要突出海上遊覽的羅曼史。有什麼好說的，如此而已。」

「這張畫你現在準備怎麼樣處理呢？」我問。

「噢，」她說：「我會留一陣。我也許把它送去做月曆封面，有時他們會出價買這一類東西的。」

我說：「就我看來，這是我一生所見最好的一張畫。你自女孩的眼睛中可以看到日光自海上的反射，也看到她對未來人生、希望的期待。老天，這張畫健康，有生氣，它激勵看到的人要努力，創造。」

「這樣好？」她問。

我點點頭。

「那我就高興了。」她說：「這正是我畫這張畫的時候全神投入所希望的結果。我不知道自己已經成功了。你知道，畫畫本來就是如此，你努力投入，由於你自己一再如此想，自己越看越覺得有這種味道在畫裡。但是，你不知道，到底是你自我催眠了，或是別人看了也會有這種想法。」

「這樣說來，你是成功了。你還有什麼畫？」

「喔，你不一定會有興趣的。這一堆裡這張最好。事實上，裡面有的非常壞。我會說裡面有幾張不錯，但是不見得。」

「可以看看嗎？」

「你真有興趣，我求之不得，我想聽聽別人的批評。要知道，藝術家要表現一些東西，他不能告訴你他想表現什麼，以這張旅行的女孩為例，我要把她心裡的想法表現出來。不單是在海上看看而已，於是我把她的眼光抬起來，放在水平線以上，望向更遠的地方。也許你也是從這一點看出我的期望來的。」

我點點頭。我說。「完全正確。你常旅行嗎？」

「沒有。我一定得工作。告訴你沒關係，我常關起門來畫畫一段時間，沒有錢了，就出去找一個普通工作做。」

「做什麼？」

「隨便什麼能使我過一個正正經經生活的。我省吃儉用像個守財奴。我每多節省一點錢，就表示能多作幾天畫。總在等有一天出了頭，就可以好好全力於畫畫了。」

「必須把畫畫停下來，出去找生活的錢，會不會影響你作畫情緒呢？」

「當然，那是一定的。不過我不去想，爭也沒有用，人生就如此，先要有錢，才能生活。」

「照我看來，應該你可以靠畫畫生活的。」

「總有一天，我可以的。目前我的作品是不穩定，有瑕疵的。靠藝術吃飯是困難的。有名氣，再爛的作品有人要，沒有名氣，賣畫像乞丐。有名氣，大家以為你高深他們看不懂，沒名氣，任誰都批評得一塌糊塗。」

「說得真可憐。」

「也沒有什麼，做人要接受事實，很多人要去改變事實都撞得頭破血流，我訓練我自己絕不去和事實爭。」

「要把其他的畫給我看看嗎？」

「喔，抱歉，不知道你是當真的。」

「不必，我倒是真的很欣賞的。我在工作，而你是在幫我忙。你懂西班牙話？」

「喔，當然，就像我是西班牙人。我小孩的時候常用西班牙話和同伴玩。我媽媽有很多說西班牙話的朋友。我是在英文、西班牙文同時應用的環境長大的。」

「你有沒有注意到報上翡翠墜飾的照片？」

「是的，有關麥先生死亡的消息，我什麼都看過了。你認為他開槍打到了那兇手嗎？」

「很難說。那個翡翠墜飾你以前見過嗎？」

「沒有。」

「但是，這件首飾在麥先生那裡，至少該有幾個月了。你認為他準備把墜飾當禮物送給什麼人嗎？」

「我怎麼會知道呢？」

「他對首飾是不是有興趣的？」

「我不認為如此。不過他是個奇奇怪怪的人，很多事都不易叫人理解。他興趣很多。當他和人相處時，他會以對方的興趣為興趣。他從不強迫把自己的興趣塞給別人。」

「夏先生怎樣？」

「他不同。我對他認識不深。我母親比較對他清楚。」

「你不喜歡他？」

「我可沒如此講。」

「那麼你喜不喜歡他呢？」

「一定要問嗎？」

「只是好奇而已。」

「他是個聰明人。我看他對朋友沒有麥先生對朋友那樣好——當然是說麥先生活著時對朋友那麼好。夏先生以自己為中心，不過朋友也多。」

「別有用意的？」

她大笑道：「每個男人都是的。」

「我倒不知道。」

「真的。」

「麥先生呢?」

「絕對沒有。」

「對了吧?有的男人不是。」

「麥先生與眾不同。紳士,為人設想,從不占人便宜。有時他會拍拍人家的肩膀,但是人家會喜歡。是友誼,鼓勵的動作。不是占便宜。」

「麥先生有沒有像夏先生那樣喜歡羅秀蘭?」

「我不知道。」

「有概念嗎?」

「秀蘭的事,我不是太清楚。」

「你認識夏合利?」

「也不是太認識。我和他也沒有為秀蘭的事談過。她是他監護的孩子。我想他認為和她很親近,也是因為這個原因。我發現我們越談越離開話題又越遠了。你可能是訓練好問問題得到你要的答案的。我則是沒有訓練好把自己舌頭守住。我們還是談我們的烏鴉和圖畫。喔——要不要來點糖果?我對甜的不太合適,而有人送了我一大盒的——」

門把手轉動,沒有經過敲門,一個女人走了進來。

她是中年人,但是沒有太多肥肉。她眼珠是黑色的,兩顴微高充滿熱情。皮膚上微微看得出原來的橄欖色。她全身有自信，蔑視的氣質，和她短而上翹的鼻尖相當不配合。

「啊，媽媽來啦。」多娜說。

母親看向我。

「媽媽，我給你介紹賴先生。」

我告訴她我非常高興見到她，她向我淺淺一鞠躬，說道：「賴先生，你好。」她的聲音低而有磁音，本來應該極好聽的，但是因為她心中有事，說話用單調的平述，減少了誘惑力。

黑眼珠掃上畫夾，在多娜能把畫夾關上之前，她看到了圖畫。

「又弄這些笨笨的鬼玩意兒？」

多娜大笑道：「是的，媽，還在孜孜工作。」

葛太太給她一個厭惡的表情，「弄不出錢來的。你畫了又畫，又畫，得到什麼呢？什麼也沒有。」

多娜對這些老調一笑置之，「有這麼一天我會成功的。媽，坐一下。」

葛太太坐下，懷疑地看向我，又看向多娜。她的黑眼珠——我看有一段時間一定很浪漫的——現在是掠奪性的。她有一眼就看穿一切的天賦。「這盒糖哪裡來的？」

「郵寄來的。我還沒打開吃。今天早飯後它就寄來了。」

「你該多想想自己該結婚了。」她說。她把盒蓋打開，看看裡面，轉向我。

這次她眼中贊同多，敵意少。聲音有邀請的意思。「賴先生，來一粒糖吧。」

「太早了，不了。謝謝。」

葛太太很小心地選了一顆，一口咬下去，想說什麼，改變主意，把整顆糖都吃了，伸手拿第二顆，她厭煩地說：「這些警察！」

「媽媽，又怎麼啦？」多娜問。把畫夾放回壁櫥，把門關上。

「都是些笨蛋。」葛太太說，一面吃下第三顆糖。「多娜，你收到我通知了？」

「是的。」

「你知道我要來？」

「是的。」

葛太太看向我。

我說：「對不起，我該走了。我——假如可能，希望能下次再見你一次——熱線追蹤，你知道。」

「你是屬於什麼報紙的？」多娜問。

我搖搖頭說：「我不屬於任何報紙。我和別人不同，我——我只是有興趣。」

葛太太問：「對什麼有興趣？」

「烏鴉。」我說著向她笑笑。

多娜說：「但是我以為你是新聞記者。」

「不是的。」

「記者！」做母親的大喊道：「多娜，你怎麼會笨到去和記者窮聊？老天，你太友善，太天真了。你到東到西和人聊天，各種各樣的人，你不覺得你不該這樣嗎？」

「但是，媽媽，他說了，他不是記者。」

「那麼他是什麼呢？」

「我——」多娜說了一個字，說不下去了，她向我尷尬地笑笑，突然道：「賴先生，由你來回答她這個問題。」

我轉向葛太太。「是這樣的，我有興趣於——」

葛太太的臉色墨黑。「多娜，那盒糖怎麼啦？」

「怎麼啦，媽媽，怎麼啦？」

「最後一顆，吃起來不太對——」

她臉上急速地起著痙攣。突然她黑眼珠充滿驚慌。「你叫我中毒！」她大叫。

「媽！怎麼啦？」

她快速地用西班牙語說話。女兒也用西班牙話說，但不論她在說什麼，她在退縮。然後媽媽用英語講：「所以你現在要殺我了。」

她手臂快速移動，當金屬閃爍，耀進我眼睛時，我向前衝，去抓她手臂。她已經把手裡的刀拉後，準備要拋出來了。我沒抓住她手臂，但是抓住了她衣袖，在刀子快要脫手的時候，我拚命拉她衣袖。衣袖破裂，飛刀落在地上。

再次，她用西班牙話飛快地說話，想要衝到浴室去，顛躓一下，體力不支倒向一張椅子，當時吐了起來。

我根本沒有聽到佛山警官走進來。我只知道我和多娜想把她扶進浴室去，突然覺得多出了一個人在幫我們忙。我抬頭一看，那是佛山警官。

「怎麼回事？」他問我。

「她認為是中毒了。」

佛山看向桌上的一盒糖。

「糖？」

「是的。」我說。

「家裡有芥末嗎？」他問多娜。

「有。」

「混點芥末水。」他說：「要溫溫的。給她喝，喝很多。你的電話呢？」

「我沒有電話。房東太太准我用她的，在前屋裡。」

佛山一下離開，把多娜和我留下來照拂病人。多娜混了很多芥末水。那母親呻吟，乾嘔，痛苦。看來像是一個小時，多娜才把芥末水弄好，灌進她的口中，她身體發抖，跟下來就大吐起來。

過了一下，嘔吐過去，我回進客廳，讓多娜伴著她媽媽。我開始去看那把刀。刀就在客廳，插在地上——不是葛太太要拿來做飛刀那一把。葛太太剛才要拿來做飛刀的是一把少見的琥珀柄匕首。現在插在地上的是一把木柄一般用的刀，刀鋒上尚有油漆顏料痕跡。

我沒有去碰它。

這時多娜在叫我。她媽媽歇斯底里起來，大吵，大鬧。我又回進浴室去幫她忙。我漸漸聽到警笛聲接近，我聽到救護車嗚叫聲。我看到白袍人，又看到佛警官發號司令。穿白袍的醫生把我推向一邊。一陣大亂後，我發現我自己站在院子裡，兩個無線電警車警員和佛山警官正聒絮不休在訊問我。

「怎麼回事？」他問。

我說：「我對那烏鴉有興趣。」

「為什麼？」

「只是有興趣，沒有別的。」

「那個女人是什麼人？」

「她媽媽。」

「你看到她吃糖了？」

我點點。

「吃了多少粒？」

「三、四顆。」

「吃了糖多久她就不舒服了？」

「幾乎是立即的。」

「像是氰化物。」佛山道：「賴，別跑開。我等一下還要和你說話。弟兄們走了，去看看那糖再說。」

警察們都進入房間。兩個人抬了擔架，架了葛太太。他們把她裝進救護車，我聽到救護車嗚呀嗚呀的開走。

前面屋子裡有一個女人在看我們。她的好奇心使她看來有些鬼祟了。每次當她看到我在看她，她立即轉過臉，自窗口移開，像是忙著在做什麼家事。過不多久，她的臉又出現在另外一個窗口，向這邊看。

我走向小屋的背後，向柴屋移動。

沒有人阻止我。

潘巧不在牠籠子裡。

我爬過都是灰塵的木段。把我腳尖站在一個用壞了的衣箱上，開始向籠子裡摸索。鳥籠後半部有一個隔開來的地方。那裡鳥用乾葉、嫩枝圍成一個小圓圈，做了一個窩。我設法把手伸進隔開的那位置，把手在裡面摸索。有一件硬硬滑滑的東西碰到我的手指尖。我設法用食指和中指像剪刀一樣把那東西夾出來。

即使是在柴房的陰暗光線裡，深藍色的耀射反光進入我眼中，有點迷幻的催眠力量。

我把它投入口袋，又把手伸進鳥籠。我沒有再找到別的東西。正要放棄時，突然在裡面一角上我摸到一堆小石子樣的東西。我把它拿出來，那是四顆大的翡翠，像以前我見過那些一樣碧綠晶透，一樣好。

我仔細再摸確定再也沒有寶石了。我離開柴屋。

我晃來晃去五到十分鐘，佛警官出來了。他走向我道：「賴，糖果是怎麼回事？」

「她吃了。」

「我知道，我知道。那女孩從什麼地方得來的？」

我說：「老天，我在這裡也是初來乍到呀。」

「這混帳的糖果當然不可能自地上蹦出來的。」

「應該是不會的。」

「有沒有人邀請你也來吃一塊？」

「有。」

「什麼人？」

「那媽媽。」

「但是那盒糖在你進來的時候已經在了，是嗎？」

「我沒有注意到。我有別的事在我腦子裡。她認為我是個記者。當然一個女孩子不可能請每一個來打擾她的新聞記者吃糖。」

「但是她請她媽媽吃了，你記得的，是嗎？」

「不，記不得。我認為媽媽正好走進來，是她自己拿來吃的。」

「賴，你知道，她媽媽並沒有把糖帶到她家裡來。糖是本來在女兒家的。是她邀請媽媽嘗幾塊的。」

我說：「我仍認為媽媽是自己動手的，我確信糖不是她媽媽帶來的，但我不會為這件事宣誓作證。我根本沒注意那媽媽在幹什麼。她進來時，我正好在套一點消息出來。是她改變了一切情況，她要我出去，我正在想離開。」

「你在套什麼消息？」

「喔，東找一點，西找一點，都不是特定的。」

「你在替什麼人工作？」

「目前，完全是替我自己。」

「那是什麼意思？」

「正如我所說的意思。」

「夏合利說，他請了你們的偵探社為他多收集一些資料。他看來有些神經質。」

「他給我們出過價。」

「你到底在不在替他做事？」

「沒有。」

「白莎也認為你們在替他工作。」

「白莎也許在替他工作，我反正沒有。」

「那麼你七竄八竄幹什麼？」

「收集一點整體的資料。」

佛山說：「又來了。我不喜歡兜圈子。」

「我儘可能直話直說。」

「那女孩子，你看她怎麼樣？」

「正點，有克拉斯。」

「老天，我又不是瞎子，也許瘦了一點點。但是曲線一點也不影響。不過你也知道，這不是我問你的問題。我要你說，你認為她如何？」

「ＯＫ。」我說。

他故意仔細看我，左右地看我。於是他說：「對的。你想她是ＯＫ的。你這小子討厭得要命，跟你講話纏不清楚，累得要命，你可以走了。中毒的事，不准講出去。」

「我一定要向我合夥人報告的。」

「我是指新聞記者。告訴白莎，不許亂講話。」

「為什麼。這有什麼機密嗎？」

「也許。這一把插在地上的刀子是怎麼回事？」

「有人抛下的。」

「誰？」

「那媽媽。」

「那女兒可不是這樣說的。」

「我認為是媽媽抛下的。」

「她怎麼會把刀抛下？」

「她一下不舒服了。」

「那個時候她到底拿把刀在做什麼？」

「我不知道，我沒有問她。當時的事相當混亂。」

佛山繼續把眼睛盯著我看，「真把你弄成那麼混亂？」

「我倒並沒有真混亂，只是我沒注意，所以不能看到每一件事情。事情發生時我正準備離開。她也許是準備拿刀開糖盒。」

「怎麼發生的？」

「她媽媽不舒服了，而且是真的不舒服了。」

「有沒有說什麼自己中毒了？」

「我現在想起她對她女兒說什麼不能要這糖了，吃起來味道不對，或是曾說到她中毒了，反正好像說起過，又不一定。」

「你不知道刀是什麼地方來的？」

「我記得我看到一把刀，」我說：「然後那女人不舒服了，於是我過去扶她，於是——於是，反正你知道，她變成非常不舒服了，而——」

「女兒說，這把刀一直是在桌上的。你見到嗎？」

「有這個可能。」

「女兒說，她常用它來刮掉畫上的油漆，所以就放在桌上。」

「這是她的家，她會知道得更清楚。」

「你是說刀子本來可能是在桌上的。」

「警官，你這樣看，我來是有我自己目的的。桌子上是有不少勞什子的東西放在那裡。那刀子可能是在雜誌下面壓著，也可能隨便一看就看得到。糖也可能在桌上。糖也可能是她媽媽帶來給她的。我不知道。老實說，連刀子都可能是那媽媽帶進來的。」

「不是。那女兒已經承認刀子是一直在桌上的。是她的刀子。」

我說：「你看，這不就結了。」

佛山生氣了：「我他媽哪裡結了？」

「你不知道結了嗎？」

佛山不喜歡我的問句。他說：「再過幾個小時，我對那盒糖就會知道很多了。到時說不定我還要和你講話。」

「隨時，隨時。」我告訴他。我站起來，經過前面那家房東家的房子側面，坐進停在路邊的公司車。

第十二章　子彈痕跡

我走進外辦公室時，卜愛茜暗示我走近她，告訴我說：「唐諾，白莎情緒差得不得了。」

「對她有益的。」我說：「溫度上升，體內毒素都可以逼出。否則我還要送她去三溫暖呢。」

「她現在不到三溫暖呀，她在火裡熬呀。」

「對付你了嗎？」

「只是凶凶地看我，唐諾，我有點怕她。她從介紹所弄來過兩個女孩試用，不理想。上一次她要用人的時候，正在不景氣。人浮於事，一個小職位，大家爭得要死。現在情況正好相反。進來的人沒有真本領，但是若沒好薪水，她們尚懶得工作。我自己看過他們工作，真夠爛。」

我說：「好，我去看她想要什麼？」

「唐諾，你現在進去保證你們會吵起來。她內心激盪著矛盾的情感。」

我說：「不要緊。我們這裡早晚都應該重新組織一下的。」

「唐諾，不要，你在為我，是嗎？」

「倒也不是，白莎叫你一直一個人在做兩個人的工作。而大部分她送出來叫你打字的，在我看來都是垃圾。」

「這是她本來的工作方法之一。」愛茜說：「白莎的理論是客戶跑進我們辦公室，假如看到我在看電影雜誌，一定以為我們偵探社太閒，生意不好，就有了不好的印象。她要我在任何人進來的時候，都在拚命打字。」

我說：「自從她想出這辦法之後，時代改變了很多了呀。」我經過外辦公室，來到白莎的私人辦公室。

白莎坐在她辦公桌後，她的下巴落在胸前，呼吸沉重，一聲不響地在生悶氣。她看到我開門，進入。她抬起頭來，臉上出現一陣紅色，深吸一口氣，想說什麼，又停住。

我走過去，坐在客戶用的椅子上。

白莎保持慍怒，也不開口足足十五秒鐘。突然，她的椅子高八度的吱喀一聲，她整個人向前湊近，向我大吼道：「你以為你是老幾?!」

我點上一支菸。

「我受夠了！我已經受夠了你了。但是你現在完完全全瘋了。你以為你是老幾？」

我噴出一口煙道：「像愛茜這種女孩，今日的行情該給她薪水多一倍。你給她的百分之九十工作，都是無聊的玩意兒。你只是交給她，目的是叫她和打字機拚命，萬一有客戶進來可以印象好一點。」

「怎麼樣，又怎麼樣。」白莎耍賴地說：「我們付她薪水。她不想幹可以不幹。只要她幹，九點到五點之間都是我們的。一天八小時，每小時六十分鐘——四百八十分鐘，每一個狗屁分鐘都是我的，每一個混蛋秒也都是我的。」

我搖頭道：「現在用人不是這樣用法了。再說，你也不必再說愛茜了。自今日起，她是我私人的秘書了。你去找一個新小姐，你把工作交給新的小姐好了。你就告訴她每一個狗屁分、渾蛋秒都要打字，以給進來的客戶好感。你倒試試看，行不行得通。」

「行不行得通？」白莎大叫。「我連找一個能好好打字的都找不到。她們一個字一個字要找出來打，好像打字機會吃人，會咬她們的漂亮手指頭一樣——喔，管他什麼呢，我要用我的方法來管理這個辦公室。」

我說：「你假如決定要拆夥，就不必如此大叫。」

白莎的臉又脹成豬肝色，然後突然紅色退掉，變成了鐵青。她握緊拳頭，沉重呼吸出聲。然後她盡出全力道：「唐諾，親愛的，你知道白莎非常非常喜歡你。但是你就是沒有生意眼。你是個聰明的小魔鬼，你看得透案子內情，你有膽，但是辦公室作業不一樣，你一點也不知道。講起花錢，你是天生大笨蛋。你花錢如潑水。講起女人，唐諾，你是在幼稚園，向你笑笑，你就狗踮屁股起來。你沒有保護自己的免疫力。你跟了她們走。你現在加薪，加薪，卜愛茜已經在拿我一直給她薪水的兩倍了。」

我說：「我們應該再給她加倍的。」

白莎把嘴拉得硬硬長長的一條線，怒目看著我。

電話鈴響。白莎很困難地把自己鎮靜下來，拿起話機，她說：「哈囉……是的……喔，我知道……當然，我們兩個都十分忙，而賴先生是……不不，不是太忙。他正在為一件任務作最後的結束工作——那是一件大案子。他正在做結束工作，只要他一結束，他會有空……是的，馬上……我來看看，我能不能找到他。我能回你電話嗎？……是什麼號碼？好，謝謝你。」

白莎在拍紙簿上記了一個號碼。她說：「我幾分鐘內會回你電話。」於是掛上電話。她轉過頭來笑著對我。「你這個小混蛋，」她說：「我都不知道你是怎麼弄的。這是你天生的，你對女人的一手。你總是會碰到這種女人。她們為你瘋狂。」

「這次又是誰？」

「唐諾。羅秀蘭。她要你馬上去她的公寓。她有一件重要工作要我們辦。她說她知道我們是高價碼的，但是，我們會有成效。她說她抱歉，她第一次見到你的時候沒有太重視你。她現在真是甜得不得了。」

我把香菸按熄，開始走向門去開門。

「唐諾，你現在去是嗎？」

我點點頭。

白莎的臉色現在一路笑到底，「這才是我所喜歡的你，唐諾——充滿了開拓新事業的願望。你儘管去，不必擔心辦公室這一頭的事。白莎都給你包了。這裡會給你一個私人辦公室，卜愛茜馬上調為你的私人秘書。這些繁文縟節你都不必煩心了，好人。」

卜愛茜在外間聽到白莎最後一段演講。她眼睛睜得像兩隻高爾夫球。我無動於衷地經過外辦公室，把門打開，在我身後關上。白莎一直追出來咕嚕不停地一再保證，嘴巴笑得合不起來。

我找了一家藥房，我打電話給羅秀蘭。

「我是柯賴二氏的賴唐諾。是你要見我嗎？」

「喔，是的，我要見你。我在想，想你能不能到公寓來。」

「什麼時候？」

「越快越好。」

「你為什麼不來我們辦公室呢？」

「抱歉，我不能呀，我答允了一個人，我會一整天待在家中，而現在我無法和他聯絡。這是個重要大事。你看，我願意付你你要的代價。事實上，我要——我該怎麼說？——要聘雇你。不，可能應該說聘請你——」

她神經質地大笑起來。

我拿著話機，什麼話也不說。

「你還在嗎？」

「是的。」

「我是說，我要聘請你替我做些事——是要緊事。我不願在電話上和你討論這件事的性質。應該一切沒有問題的——我是說你替我工作，所以你該來我這裡。」

我說：「在今天下午之前，我來不了。」

「喔！」她顯得非常失望。

「能等到那時候嗎？」我問。

「當——當然。我想是可以的——如果非如此不行的話。」

「你約好的是上午，還是下午？」

「只是含糊的一整天隨便什麼時候。我告訴我朋友，我一整天都在家。」

我說：「好吧，今天下午我反正會來。我來之前會先給你電話，讓你有充裕的時間，這樣我和這位先生不會碰頭。」

「你和這位女士不會碰頭。」羅秀蘭淘氣地糾正我說。

「原來如此。沒關係，我反正會先通知你的。」

我掛上電話，我打電話給頂好車體熔焊板金工廠。答我話的小姐說話吞吞吐吐，有點笨頭笨腦。

「請霍勞普通話。」我說。

「我——我沒有辦法——他不在。」

「他在哪？」

「你是誰？」

「報館。」

「我不知你姓什麼？」

「不是個人，」我說：「這是報紙。報紙要找他，要訪問他。你去找他。他在哪裡？」

「他——他去護照科。」

「護照科？」

「是的。」

「為什麼？」

「去拿他的護照。他們告訴他辦好了。我——你可以打電話找他。」

「他要出國哪裡去？」

「我不能告訴你。你最好自己打電話到護照科找他。」

我等她把電話掛了，我也把電話掛了。

我走出藥房，開自己的公司車，到葛太太住院的醫院。我弄到她病歷並不困難。她中的是硫酸銅的毒。一位內科醫生不願告訴我病人的狀況。但是他肯說硫酸銅中毒。

「硫酸銅，」那個內科醫生像是在對實習醫生上課地說：「很少在他殺案中用作殺人的毒品的。不過它的毒性還是相當快，相當嚴重的。由於入胃後，幾乎立即引起嘔吐，所以到目前為止，口服致死量還尚未確定。原因之一，當然一下吐出多少非但無法估計，而且嘔吐的程度，因人而異也相差很大。」

我猛烈點頭，以示我從他那裡學到了太多東西。

「事實上，」內科醫生說：「五喱的硫酸銅，是一帖很好的立即嘔吐劑。硫酸銅本身是磷中毒最好的解毒劑，它不但使胃裡的磷吐出來，而且可以和剩下來的磷起化學變化成為無毒的物質。」

「她也有磷中毒嗎？」我問。

「不，不，你誤解了。這是一個純的硫酸銅中毒，糖是動過手腳的。經檢查，每一顆裡都有硫酸銅。」

「既然五喱可以引起嘔吐，那麼五喱不會致死吧？」

「這樣說好了，」他說：「專家到現在也不能確定。韋伯士特在他的法醫毒物學中，特別指出馮霍士得所說，致死量是八喱。龔沙利期、凡士、海爾平都說要再多一些，但是因人而異，相差極大。美國藥典說五個喱是很好的立即嘔吐劑，十五分鐘後可以重複再給一劑，通常不超過一起用兩次。」

「真有意思。」我說：「我們的病人如何？」

「顯然，她吃下去了之後，立即發生了嘔吐，把毒物都吐出來了。送到這裡來時，她不過神經質發作，如此而已。」

「她現在在哪裡？」

「出院了。照我個人看來，她根本不需要住院。嗨，我不應該和你談病人。我只和你談硫酸銅。」

「硫酸銅用來幹什麼的？」我問：「有特別用途嗎？」

「印花布的印染，也有來做顏料。水處理也用到它，還有鍍銅。」

「到處買得到？」

「沒有什麼特別難買到就是了。」

「為什麼有人要拿來裝在糖裡毒人呢？」我問。

他看向我，搖搖頭。「知道才怪。」

我向他道謝，開公司車到警察總局。

宓善樓警官正好在辦公室。假如不是老想我的拜訪是無事不登三寶殿，假如不是老想我每次去都是想要在他那裡弄點消息出來，他就會輕鬆得多了。不會那麼小心，把一切留在心裡。我和白莎認識宓善樓，還是他在兇殺組做小角色的時候。有一段時間，我認為他愛上了柯白莎了。只是柯白莎太男性化了，沒有給他好臉色而已。

「哈囉，唐諾，」他說：「什麼風把你吹來了？」

「隨便走走。」

「白莎可好？」

「老樣子。」

他塞了一支雪茄進口裡，但是沒有點火。「來支雪茄如何？」他問。

「不，謝了。」

「要我給你做什麼事？」

「我說過了只是隨便走走，好久不見了，有點想你。」

「我很少往外跑了。」

「以前你常到我們辦公室來的呀。」

「都是公事。」

「我們又不會咬人。」

「不咬人才怪。」他生氣地說：「在你參加進白莎的公司以前，白莎是頂不錯的。她辛勤工作，自常規工作中賺點蠅頭小利過日子。是你用鈔票沖昏她頭的。」

「她賺了不少，不是嗎？」

「她賺錢沒錯，但是這裡的上級對你們注意了。只要聽到你的名字，大家眼睛睜得比什麼都大。」

「那樣嚴重？」我問。

他點頭沮喪地說：「我沒辦法，我自己的位置也要守著。我可以和你們保持友誼，和你們一起混，但是只要有一次老毛病發作，玩過了頭，被人捉住尾巴，我跟了你完蛋。」

他猛咬他雪茄。

「假如別人捉不到我尾巴？」

「會的，早晚會的，久走夜路嘛。」

「假如我不做犯法的事。」

他聳聳肩。

「到目前為止，我還沒有過是嗎？」

「只是沒被捉住而已。」

「是我沒有做過不法的事。」

他說：「不是的，賴，你像一隻船，全速的在水雷區跑。你對這水道十分清楚，知道哪裡可去，哪裡又不可去。你熟知法律。當你在法律範圍內的時候，你都是玩得危險叭啦的。要用一個顯微鏡才知道你沒有出軌。有這麼一天，你會撞上水雷，碰！炸掉。我可不要和你一起碰。」

「我不是也離開過一段時間嗎？當兵啦，休假啦。」

「沒錯。」他說：「但是你給白莎打了要過豪華生活的針。她有了賺大錢的癮了。我喜歡白莎。她心腸硬，人直。信不信由你，她想停下來的話，她會是人家的好妻子。沒有人應該欺騙她的。唐諾，她多大了？」

我說：「我不知道。我認識她四、五年了。看來沒什麼改變。三十五到四十吧。」

我把眼光下望。

「嗯，也不算太老。」他挑戰似地說：「看我也是四十出頭了。我覺得自己絕不輸過任何年輕人。」

「看起來也不輸年輕人呀。」

「嘿！亂拍馬屁一定有原因，你要什麼？」

我說：「一個叫做麥洛伯的男人昨天被謀殺了。」

「是的，我都知道。」

「佛山警官在主辦這件案子。」

「嗯哼。」

「麥洛伯是一張遺囑中兩個信託人之一。」

「另一個是什麼人？」

「夏合利。」

「你替他工作？」

「我們替他工作過。」

「工作做完了？」

「在我立場來說都結束了。他要我們再替他做些事。」

「什麼事？」

「據說是做他的保鏢。」

「為什麼？」

「我不知道。」

「去你的不知道。」

我白痴樣坐在那裡，宓善樓猛咬雪茄。「唐諾，你深藏不露。誰要跟了你玩，早晚死定。」

「對朋友不會。我從不背叛朋友。」

他用手梳梳又厚又鬈的頭髮，他說：「你要什麼？」

我說：「夏合利在擔心。」

「擔心什麼？」

「我告訴你，我不知道。」

「你想要我替你做什麼？拆個字，還是起個卦？」

我說：「夏合利和麥洛伯是侯珊瑚遺囑中兩個信託人。遺囑中錢不在少數。有兩個繼承人；女的叫羅秀蘭，男的霍勞普。」

「怎麼樣？」

我說：「兩位信託人都對秀蘭非常好，也都覺得應該薄懲勞普。秀蘭本來是想要什麼都可以的。勞普不行，除非信託中止。」

宓善樓把雪茄自口中取下，向一隻黃銅痰盂吐了一口口水。他說：「你得知道，遺囑這玩意兒雖然減少不少法院困難，但也增加了很多警察麻煩。」

我說：「信託在兩位繼承人到某一個年齡時就會結束。屆時，信託人可以給他們錢，也可以給他們年金。」

「嗯哼。」

「我想兩位繼承人當然希望一筆把錢拿下來，假如是我，我也會這樣的。」

「沒有人在問你的意見。」

我說：「信託在另外一種情況下也會中止。」

「什麼？」

「兩個信託人都死掉。」

他向我皺起眉頭。突然他問：「怎麼著？」

我說：「假如兩個信託人都死掉了的話，於是這筆錢加上房地產，會自動的分成平均兩份，兩個繼承人平均分配。」

「多少？」

「二十萬左右。」

宓善樓嘴中的雪茄震動，亂抖，有如他要把雪茄吞下去似的。

「所以你來找我？」他說。

「所以我來找你。」

他一口咬下他口中濕濕的雪茄，用手背抹掉嘴唇上零星的菸草末，一口把口水吐在痰盂中，看了一下手中已咬成掃把樣的雪茄屁股。他說：「你要什麼？」

「這件謀殺案中，有件事很好玩。」我說：「麥洛伯有一隻烏鴉，叫做潘巧。麥洛伯被殺的時候手裡正拿著電話。他面前，在桌上，有一枝點二二口徑的轉輪槍。其中一顆子彈已經發射。我不知道他射中了什麼。」

宓善樓聳聳肩。

我說：「夏合利發現屍體時，我和他在一起。我曾經左右看過，我看不到那點二二子彈頭卡進什麼地方去了。據我知道警方也一直未能找到，是嗎？」

「你認為有人帶了子彈在身上跑了？」

「據我知道這是警察的推理。」

宓善樓把雪茄放回嘴去，咬來咬去。又把一隻手插進濃濃頭髮裡。「我告訴你，唐諾——不可以告訴別人。」

「什麼？」

「那點二二子彈痕跡已經找到了。」

「是麥洛伯打向什麼人而落空了嗎？」

宓善樓搖搖頭：「他這一槍射向屋頂，看來他想來一次快槍，不過他不是好手。」

「什麼意思？」

「閣樓頂有個洞，烏鴉可以飛進飛出。」

我點點頭。

宓善樓說：「我的人看到槍曾經發射過一發子彈，房間是密室，找不到彈頭，他們自然認為是子彈出了問題，想到麥洛伯為了自衛開了一槍，子彈打到了人，那人把子彈帶走了。」

我點點頭。

宓善樓說：「不論是什麼人發射的子彈，他瞄準的是那個洞，希望子彈射入藍天。但是沒射準。子彈被發現正好卡在洞邊上。」

我把眉毛蹙到緊得不能再緊，希望宓善樓知道我在深思。宓善樓等我說話，我沒有說，所以他繼續道：「你看，實況是這樣的。麥洛伯有一支槍，只是一支點二二，不過仍舊是一支槍。他被一個用刀的人殺了。假如槍是麥洛伯開的，他指向的自然是有刀的那個人。那樣會有一場打鬥。」

「為什麼？」

「假如是他開的槍，當然是在刀子插到身上之前。依據解剖的法醫所說，麥洛伯在刀子自背後插進心臟後，什麼也做不了了。這一場熱鬧戲，假如是麥洛伯持槍挑的釁，那個用刀的反而可能是自衛了。」

「你的意思這一槍是兇手發射的？」

「正是如此。」宓善樓說：「這兇手是麥洛伯認識很熟的人。對他很信任的人。麥洛伯正坐在椅子上打電話。兇手則就站在他邊上。可能是那兇手不喜歡他在電話上說的話，可能兇手只是在等候合宜的時刻。但是他自鞘中抽出刀，等到合適的時候。戳進麥洛伯的背。麥洛伯翻倒了椅子，那剛殺了人的傢伙鎮靜地打開抽屜，因為他知道抽屜裡有麥洛伯的點二二口徑小手槍藏在那裡，他走到麥洛伯倒地的附近，對準了給烏鴉準備的洞，扣了板機，把槍放桌上。他希望子彈自洞中出去，但是沒那麼準。」

「過高？過低？還是在兩旁？」

「高了。」

「你認為是兇手發射的？」

「當然也可能是女的。」

「女的。」

他看著我說：「當然，案子裡有關的女人很多，誰知兇手是男是女。」

我問：「你怎麼會認為是兇手開的槍？」

「我們對麥洛伯的手做過石蠟試驗，手上沒有火藥粒。」

「指紋呢？」

「沒有。」

「槍上有指紋嗎？」

「有一些模糊不清的。」

「你是說槍被擦抹過了。」

「不——我是說槍並沒擦抹得很乾淨，兇手可能是在開槍時用一塊手帕包住槍柄的。

唐諾，你到底要什麼？」

我說：「我要去南美洲。」

「我也想去。」

「我是說我現在就要走。」

「和我有什麼關係？」

我說：「你要替我去拿護照。」

「你瘋了？」

我說：「沒有，我沒有。我要請你用電話，現在打電話給國務院的護照科，就說賴唐諾是個私家偵探，他在辦一件謀殺案，說你有十分的信任，希望他們盡一切可能早些把護照給我。」

「你瘋了。」

我搖搖頭。

「即使我想做，我也不能這樣做呀。幫不了你什麼忙的。」

「走對了路，就對我們很有幫忙了。」

「白莎對這件事怎麼說？」

「她對這件事不知道。」

「什麼人出錢叫你去南美洲？」

「我自己。」

「那邊又有什麼呢？」

「我不知道。」

「你為什麼去？」

我說：「霍勞普馬上要去。他是侯珊瑚兩個繼承人之一。遺囑裡大部分的財產是在哥倫比亞。」

「你是說你下去跟蹤他？」

「我只是想去哥倫比亞。」

「我怎麼樣。替你去火中取栗，之後呢？」

「之後你得到一顆栗子呀。」

「那栗子也燙手得不得了。」宓善樓抱怨地說。

「你可以等到了它冷了再吃呀。」

「我怎麼知道你不耍什麼花巧呢？」

我笑笑道：「你把我們兩人弄混了。你說你要火中取栗呀，我不耍什麼花巧。」

宓善樓說：「唐諾，等一下，我替你打頭陣，然後我被逮住了——」

「你不會被逮住的。不會有事發生的。你要不要我送你一本霍勞普在哥倫比亞做些什麼事的報告？」

「對我沒有什麼必要。」

「有沒有什麼不想要的理由嗎？」

「假如真發現什麼，你會告訴我嗎？你會一字不漏告訴我嗎？」

我笑著搖搖頭。

「我也如此想。」

「但是，萬一我知道了是誰殺的麥洛伯，我會告訴你，由你去處置。」

「就憑你一句話？」

「就憑我一句話，有關謀殺案的都交給你來辦。」

宓善樓猶豫著。

「其實，」我說：「你根本不會有什麼損失。你和我都知道，警方不可能出錢請一個人到南美洲去追尋線索，尤其是只為了霍勞普要去南美這一點點原因。這是你不花錢，但又仍不脫線的方法之一。何況你隨時隨地都可以有託辭脫身，你有益無害的。」

宓善樓自口中拿出他的雪茄，篤一聲拋入痰盂。

我說：「我有沒有騙過你？」

「你耍過花樣。」

「但是我從未叫你失望過。在事情結束之前，你總是占到便宜的。」

宓警官歎口氣，伸手拿起電話。「我該找什麼人？」

「護照科主管，要講得嚴重，有力。」

第十三章　秀蘭的委託

下午近黃昏，我才到羅秀蘭所住的公寓。

她自己在公寓房門口迎接我，把她柔軟的玉手放我手裡。她的眼睛像狗的舌頭一樣顯著歡迎的樣子。

她說：「你一定奇怪為什麼我要聘請你們。」

「我工作本來就多姿多采的。」

「我覺得你很容易引人信任。」

「謝了。」

她的手仍放在我手中，用另外一隻手把我迎進門廳。她穿了人造纖維的上衣，下身穿條皮褲，更顯出曲線的美妙。胸前低剪裁的開口，使人對她橄欖色的肌膚發出不同的幻想。

她把她的手放在我手裡，就站在我邊上低聲地說：「我的朋友還在這裡，你等我把她送走，我們再談。」然後，她高聲地說：「請進，請進。」

我走進客廳。

一個女人，抱住了一個軟墊，斜靠在長沙發上，雙腿蜷曲在沙發上，腿上蓋了一條光亮色彩的毛毯，我看不到她臉，見到的是深的髮色和側面的面頰。

「請坐，請坐。」羅秀蘭說。「我的朋友有點感冒。她受了一次很大的傷害。珍妮，親愛的，我要你見見唐諾。我告訴過你的一個好朋友。」

在長沙發上的身體轉過來，突然她坐直她身體，蓋在腿上的毛毯落到地板上。一條非常美的大腿，自沙發上落下，腳尖落到地上。雙目怒向看著我，葛珍妮一連串帶著毒意的話自嘴中吐出。

「她毒我的時候，這個人也在場，多半他也有一手的。這個人是她的朋友，不可以信任他。我告訴你，不可以——」

「閉嘴！」羅秀蘭對她說。

葛太太葛珍妮在她大叫一聲下，真的閉上了嘴。

羅秀蘭向我轉身。

我說：「我的確見過葛太太。我正好去拜訪她女兒。葛太太在哪裡吃了幾塊有毒藥的糖。那時我也在場。」

羅秀蘭把她大大的深色眼睛盯著我看。「你和多娜在一起幹什麼？」她一個一個字平聲地問，有如在錄音打字一樣。

「我在調查麥洛伯被謀殺案。」

「為什麼？」

「多半是為保護我自己。警方知道屍體被發現時我和夏合利在一起。他們最不喜歡發現屍體的私家偵探，尤其是常會發現屍體的私家偵探。」

「為什麼找葛多娜，她有疑問？」

我聳聳肩。「我不是到這裡來聊張家長，李家短的。」

「你去她那裡為的是詢問她？」

「可以這樣說。」

「她知道你去的原因嗎？」

「她至少知道我去的目的是要消息。」

「她知道你姓名嗎？」

「她以為我是新聞記者。」

「但是你怎樣解釋你為什麼會找上她的呢？」

「因為麥洛伯的烏鴉現在由她代管著。憑這一點，我就有了進階的理由了——烏鴉，你知道嗎？」

「喔。」

喔是一個短短的字，但是裡面是有不少含意的。她現在在笑。她的眼光現在看我又充滿了愛撫之意了。

葛珍妮開始快速地用西班牙話說話。

羅秀蘭轉向她，用英語說道：「喔，閉嘴！你叫我倒胃口。一看到甜的東西，你就像隻豬。你猛吃甜的，一次吃那麼多，你不中毒，誰中毒。甚至我認為你中的是糖毒，糖裡根本沒有旁的毒物。」

葛太太說：「我是真的中毒了，我倒下來，警察送我去的醫院。他們把一根粗橡皮管插進我的胃。我真的中毒中得很深。」

「好吧，不過你現在好了。別再裝佯了。我已經厭了。你去給我們煮點茶好了。」

葛太太順從地站起來，仔細地把毛毯摺疊好，靜靜地離開了房間。

秀蘭用低聲向我說：「她是西班牙派。她們有她們自己一套脾氣。你知道南美洲人。她是一個管礦的人的太太，她先生在一次礦難中死了。那一個礦也是遺產的一部分，我對那個礦很有興趣。」

「她來這個國家多久啦？」

「喔，她是來來去去的。她會在這裡一段時間，又回哥倫比亞一段時間。她來這裡時，她喜歡摩摩登登淑女樣。但是我知道，一回哥倫比亞，她就做下女的工作。她辛苦工作，賺夠了錢就到這裡來——不過我們不去談她的事。我們有其他事要談。」

「什麼？」

她向長沙發一指，她說：「我有些機密事要和你說。」

我跟了她走到長沙發邊上坐下。沙發上仍有因為葛珍妮坐過而留下的體溫。羅秀蘭坐我邊上，夠親近的。我可以覺出她右腿透過皮褲子傳出來的熱力，她湊過來，握住我的手，一面撫握著，一面說：「他們都說你很能幹。」

「說嘛，隨便別人愛怎麼說，就怎麼說的。」

「你在我眼中非常的可靠。」

「我很高興你這樣認為。」

「到底是不是的呢？」她問。

我看著她深色，羅曼蒂克的眼睛。她腥紅，像會滴下水珠的厚唇向著我，臉和我那麼近，下巴微側著。

我說：「當然，我非常可靠。」

她低聲地笑出聲來，聲音來自喉部，磁性得引人心曠神怡。她把眼皮垂下。長長的睫毛倒垂在橄欖色皮膚上，她長長嘘出一口氣，又開始摸著我手指頭在玩。

她說：「我的合利叔是對我非常非常親近的。」

「這一點我知道。」

她停下，把臉向後退一些仔細看著我道：「是因為我親他，所以你知道。」

「也是原因之一。」

「但是我從小就親他。他像真的是我叔叔。」

「但是你現在長大了，大女孩子不能亂來了。」

她大笑，「我要吻一個人，我就吻。我做事絕不做一半，我隨便什麼事都喜歡做到底。」

「隨便什麼事？」

「沒有一件事不這樣的。我不是個半吊子女郎。」

「這一點我看得出，絕不會有人說你半吊子。」

她有點生氣，「你什麼意思？」

「你是什麼意思？」

「非常簡單，我不是——不是——當我做一件事，我要徹頭徹尾做得非常好。」

「我也是這意思呀。」

「你可能尚有別的意思。」

「不要多心，我真的也是這意思。」

她的手指又忙起來了——柔軟，溫暖，長長的有安撫作用的，她拍拍我手背，我心都會跳。

「我也很衝動的。」

「我認為你感情很情緒化。片刻之內可以決定喜歡或不喜歡。」

「正是，我對友誼都是一下決定的。我通常只一眼就決定要和他做朋友，或是根本不理他。另外還有一種，就是我會很喜歡他。」

「第一眼就決定了？」

「第一眼就決定了。」

「你看我如何？你喜歡我嗎？」

她用力擠我的手，直到指甲都壓進我肉裡去了。

我們坐在那裡一陣，什麼也不說。然後她突然說：「唐諾，你怎麼會知道我給過鈔票給勞普？」

「我不知道。」

「但是你問了。」

「我想知道。」

她伸手進上衣口袋，拖出一張長方型的紙，把它對摺了。她交給我。這是一張她自己簽發的支票。發票日期是一個星期以前。領錢的人是霍勞普，支票給銀行代收，而兩個銀行都背書，支票上蓋了「已付」的章，退回給出票人的。

她又向我伸手，我把支票交回她。

「唐諾，你為什麼不說話？」

「有什麼好說的？」

「你難道不想知道我為什麼給他錢？」

「為什麼給他錢的原因，那麼重要嗎？」

「他急需這些錢，而且他沒其他辦法——我為他難過。起先我沒有同意他。他請求我自己向信託金每月多要一千元。如此兩位信託人一定也會多給他一千元一個月。」

「你反對了？」

「是的，我不要使合利叔難過。但是我又感到對勞普很抱歉。所以我簽了這張支票，自己拿去給了他。」

「算是借款？」

「算是禮物。」

自廚房裡，葛珍妮高聲地叫道：「那只中國式茶壺放哪裡去了？」

秀蘭不客氣地說：「我不知道。別打擾我們。找不到就用別的好了。」

她轉向我，換回溫柔的語氣道：「我必須要快快講了。珍妮是個好奇的長舌婦。唐諾，我要你幫我忙。」

「做什麼？又是為了什麼？」

「我非常喜歡合利。我為他擔心。」

「擔什麼心？」

「我不知道。也許是對危險的預感。我從內心每一根骨頭感到，他有危險了。」

「要我做什麼？」

「我要你跟著他，保護他。你會的，是嗎？」

「我對保護別人不是很能的。」

「喔，我相信你能的，你能幹，你知道什麼地方有危險——我是說你可以看透每一個人。你對人很快就能有結論。」

「這和這件事有什麼關連？」

「你知道為什麼合利會有危險？」

「為什麼？」

她說：「我一定要指名道姓嗎？」

「有什麼不可以？」

「還是那一個信託的關係。」她慢慢地說道：「有的人，因為除掉了合利，就可以得到好處。」

「你是在說，麥洛伯的被殺是因為——」

「不，不，不是的。」

「那麼為什麼怕呢？」

「他現在死了。」

「那是不容置辯的。」

「假如合利叔再發生什麼意外呢？」

「你是說你會得到一大批的錢？」

「我？」她問，又淘氣地大笑。

「但是你會的，是不是？」

黑色大眼看到我的眼底。「是的，當然我會的。這是不必講的。」

「那麼你是說霍勞普？」

「我什麼也沒有意思。我要保護合利叔。」

「這不是我的職業呀。」

「我會付你錢的。我自己有自己的錢。」

「然而我又怎能向他解釋，是你付錢雇我去——」

「你不必解釋的。你只要簡單地替他工作，他就會付你錢。另外我也還要付你。合利叔認為你聰明能幹。他要你和他在一起。一天二十四小時在一起。」

「萬一我發現了什麼合利叔不要我知道的事，又如何？」

她笑道：「唐諾，你知道的，你就一定要說出來嗎？」

我說：「有的時候，有的人，會有一些事不喜歡別人知道的。我也不喜歡二十四小時一天，白天黑夜地和他在一起。這樣非常不方便的。」

她一直在撫摸我手背的手突然停下。我知道她在仔細想這句話。然後，她又用平靜，每個字間隔一樣時間，像是在錄音叫她部下打字一樣地說：「唐諾，請你再說一遍。」

這時，葛珍妮自廚房出來，推了一架飲茶用的推車。

秀蘭看向她，有非常不高興的態度，然後，她立即表現標準主人的樣子，替我和她自己倒茶。

葛珍妮現在已經完全沒有不舒服，而且也不體弱了。她似乎完全以羅秀蘭的舒適為前提，也像準備接納我做朋友了。秀蘭坐在我邊上，坐得很近。不時把長長的睫毛抬起，笑著看我。每個人都會說她非常美麗。尤以為甚的是她全身散發著女性的溫柔和活力。和她在一起的人，絕不會只空想到要和她維持一個柏拉圖式的偽君子友誼。就像是一個人坐進了一輛全新的跑車，不會只想用三十五哩時速在高速公路上兜一兜。她的存在，不是只為如此的。

葛珍妮等候到一個恰當的時機，她對我說：「你一定認為我是一個不通人情的母親。」

「為什麼？」

「想想看，我自己的女兒要對我下毒。」

我說：「這些與我無涉。」

「不，不，」她誠懇地說：「你這樣說，只是因為你有禮貌。我要告訴你一點我這一方的說法。我要你知道我的感覺。」

羅秀蘭說：「喔，算了，珍妮。唐諾對你怎樣看多娜，不會有什麼興趣的。」

「但是他看到我失態，大罵多娜想要毒死我。那真是笨得不得了。我病了。我神經。我歇斯底里。我走去見多娜要重新和她談談。我要重建一些好一點的關係。然後發生了這樣一件事，我想——其實我沒有想。我們衝動一點——我們自南面來的人。」

我只是點點頭。

羅秀蘭說：「真的沒有必要，珍妮。」

葛珍妮始終沒有把視線離開過我的臉。她的眼睛是明亮透澈的，祈求著我要瞭解她。「我們這種南方說西班牙話的人，」她說：「相當重視家庭。我們不像這裡人種那樣只追求財富。我們追求家庭和諧，朋友友誼。我們付出一切以求心安，這種為家庭、朋友的付出，是北美的人少有的。我兩地都住過，我知道。」

我說：「我只見過你女兒那一次。而且那是公事。」

「那麼，你不是她朋友？」

「以前我從未見過她。」

「她也許曾向你提起過我？」

「沒有。」

「我對她無法瞭解，我們之間有很大的代溝。她比較美國化，她有雄心。她想達到她的理想，沒有什麼可以阻止她。告訴我，西牛賴（西班牙話賴先生）。即使能夠變成一個藝術家，但是放棄了愛，又如何？愛是生活最重要的一環——愛家人，愛朋友，把這些牢牢的放在心頭才是人生，沒有這些，其他成就都是假的。

「在我們國家，有朋友的人才是有財富的人。比索（中南美諸國錢幣名）多，朋友少是可憐人。你清楚了嗎？」

我說：「我從來也沒有到過你的國家。我只聽說過。」

「是如此的，這是我們的教條。而現在，我的女兒，她背叛了我。我被她甩在一邊。我，我是她媽媽，她信賴我嗎？不，她信賴她畫筆，信賴她的圖畫。看到她的畫，你就見到她的雄心。雄什麼心？要成功。成功什麼？嘿，狗屎！什麼也不是。放棄親情友誼，能有什麼成功？有什麼可以和愛相提並論的？」

「你說她沒有朋友？」我問。

「沒有朋友，她把他們拋向一邊。她只有雄心。她唸書，她工作，說這樣可以增加智能。但沒有心腸和熱誠的智能，有什麼用。成功而沒有朋友，一如人在沙漠裡，眼望所及的都是你的地，但無別的人類，擁有有什麼用？什麼人要擁有無人的荒地？」

「棕櫚泉那邊很多人相當自得其樂的。」我說。

她像受了傷：「你開玩笑。」

秀蘭說：「當然，他會開玩笑，珍妮。我們北地的人都如此的。我們不願表露我們內心時，我們開玩笑。唐諾有什麼不知道的。再來點茶，唐諾？一顆糖，再來點乳——喔！」

裝乳酪的小缸自她手中一滑，撞到推車的邊緣，一下砸碎在地上。「快，珍妮，弄個拖把，拖一下。」

珍妮跳起來，一下走進廚房。

「再拿一缸乳酪來。」秀蘭叫道。

她轉向我：「唐諾，真不好意思。」

「不必，你是故意的。」

她眼睛笑了。一種知己知彼式的微笑。「什麼也逃不過你法眼，是嗎，唐諾？」

我不吭氣。

她說：「要知道，另外還有一件事我急需能做好。我相信你是能辦好的。」她把聲音降低，快快地接下去：「麥洛伯很可能有幾個保管箱。這些保管箱可能不是用他真名租的。你能找一批人遍找這些銀行——？」

葛珍妮自廚房出來，手裡帶了一塊洗碗布，她把乳酪用布吸乾，又把乳酪缸的碎片一片片撿起來。

秀蘭說：「再替賴先生弄些乳酪來。」

羅秀蘭等珍妮進了廚房，她說：「我認為麥洛伯尚有好幾個這種保管箱呢。」

「用來裝信託金的？」

「我不知道。我——我也希望能知道。你知道我會有興趣的。」

我說：「找這一類資料，你也不必聘雇私家偵探社的。有人死亡時，加州州政府就要收遺產稅。租個保管箱也許可以漏一些遺產稅，州政府是非常不喜歡的。所以州法對這件事很嚴格。有很多法條，規定是專門用來對付租個保管箱，想避免死後付稅的。」

「你在笑我，當我傻瓜？」

「沒有，只是告訴你事實，你不必擔心麥洛伯的保管箱。」

她傾向我，她問：「你能保護合利叔嗎？」

「我不知道，我甚至不以為然。」

「為什麼？」

「因為我還有別的事要做。」

「什麼事？」

「生意。」

「但是我願意付你，他另外還要付你。」

「我知道，但是極可能我湊不出時間來。」

「你是拒絕做這件事？」

葛珍妮自廚房裡叫出來，說剩下的乳酪不多了。

「找個小缸拿出來就是。」秀蘭不耐地說。

「她是替你工作的？」我問。

「老天，不是！她是個朋友。有時她真煩人。」

我說：「喔。」

秀蘭快快地接上來說：「當然，你知道是如此的。我知道，在南美，她是做女傭工作的，而我對她也就只占這一點便宜。她比我年長，我知道她喜歡做些事幫助別人。她一個人寂寞，喜歡找人聊天，要人瞭解她。她和她女兒處得不好。我認為是珍妮的錯。但是女兒也不是沒有過錯。多娜的時間都放在事業上，都沒時間來關心她媽媽——一定要知道拉丁美洲才能懂這種心情。以珍妮來說，家庭和友誼在一切之前。也在賺錢之前。我現在算是怕了她，也怕了她的緊纏。但是，另一方面，我個人喜歡她，願意為她做隨便什麼事。」

珍妮再次回進房來，手裡捧的是另一小缸的乳酪，她也坐了下來。我們閒聊了兩三分鐘，都是些無關痛癢的。然後我告訴秀蘭，我一定得走了。她又留了我一下，找出各種各樣理由來。她希望珍妮自己識相會先走，留下我們倆可以談天。一度我以為她會說出來對珍妮婉言逐客，但是她沒有——也許她在怕我會趁機和珍妮一起溜掉。

秀蘭送我到門口。她向後看準葛珍妮仍坐在客廳，她跨出門，向走道上下看了一下。

我知道她要幹什麼，我穩穩站著。

她走向我，把自己拋入我懷裡，像是一塊鐵投入吸鐵石一樣。她用左臂抱著我頭頸，把手指扶著我後腦的頭髮。

我感到暈淘淘的時候，她說：「你真好。」一下吻在我頰上。但立即一聲不響向房裡回轉。

我聽到門碰上的聲音。

第十四章　條條大路通羅馬

羅秀蘭公寓門口停了好幾輛車。在這個時候，下午上班的人都先後回家了。我認為停車擁擠起來是應該的。

我把公司車退後，一直到輕輕的撞上停在後面的車子的前保險杠，才勉強把公司車開出來。

在我前面，一輛車自路旁開出來，開車的男人大概三十五歲，不是十分急於上路的樣子。另一個男人坐他旁邊，沒什麼特徵，像是每天在路上會見到的那種人。他們也不在交談什麼事。他們不東張西望，四目向前平視。我輕按一下喇叭，經過他們向前開去。我自後望鏡向後望，又看到另一輛在我後面的車，自路旁停車位開出。開那輛車的人似乎較為匆忙。他按著喇叭，擠近我外側，想要通過我車子。他顯然錯估了交通狀況，把車子放慢，打轉車盤跟在我的車子後面。

那輛車子也是一個男人在開車，他也有一個面無表情，一聲不響的朋友坐在他邊上。

我慢慢開車，一面心裡在想。

這些人不像是警察。假如他們是私家偵探，我值得什麼人在我身上花那麼多錢嗎？

我打出左轉的燈號。

我馬上發現左後側那輛車也有左轉的意思，本來慢行車子突然活躍起來，擠進一個外側車道的空間裡去。

最後一秒鐘，我突然把燈號一改，自左轉改為右轉，突然切進右線。兩位駕駛一下按上喇叭，死活不放，經過我車子時嘴裡什麼髒話都罵了出來。我不理他們，看準一條側街，一下右拐了進去。

進入左車道的車子再也無法回頭，另一輛在我右後的車子百忙中設法跟進。

我向街旁靠，一下停在一個消防栓前面，我把手煞車拉上，把車門打開，離開車子，我說：「兩位朋友，我們有什麼過節嗎？」

他們連頭也沒有回。他們沒有看到我的存在。他們也把車慢下幾乎要完全停止。我走出車子，他們慢慢經過我前面，看起來他們忙於找一家在街左的門牌號，完全沒有看到我這邊發生的一切。

我回進公司車，冒個吃罩子的險，在街中心迴轉。我再也沒看到跟我的任何一輛車。

我又觀察了好久，用各種方法知道跟蹤我的人確已放棄，我把車開到邱倍德的辦公室。

邱倍德不想見我。他告訴我他正準備打烊回府。他說已經很晚了，他另有飯局。他又說他用電話向我提供密告時，該說的都說了。他要求我有什麼事明天再說。

我告訴他不可以。

他不耐煩地看了一下手錶，讓我進去。

我坐在他對面，當中隔了一張辦公桌，我曾經在牛班明辦公室打量過他，這次我更仔細地觀察他。

他高高身材，懶懶散散的，五十二或五十三歲，頭頂三分之二是禿的。頭髮少，但是眉毛倒猛長，長長，粗粗，又蓬鬆。他大部分時間和人講話，都是低著頭，抬起眼，自他掃把眉縫中看向對方。這一招相當可以唬人，使人處於守勢。

至少現在我坐在他對面，我就有這種感覺。

我讓他用銳利的眼光一直看我，以示我一點也不在乎。然後我說。「把本婉律拖出來，塞給我，是什麼意思？」

他很有說服力的眼睛，突然猶豫，不自覺地狹成了一條小縫。但是由於他善於說服人的個性，他立即覺察到，回到本來的態度道：「我自己偶然會做一兩批古董首飾的生意。這只能說是副業。我偶然想起本婉律小姐和她的墜飾。我從她手上拿到過。」

「常幹這一類事嗎？」我問。

「你是指古董首飾？」

「是的。」

「不少，不過不像有一段時間我幹得那麼多。現在比較沒這種需要了。」

「怎麼出手？大量的時候怎麼辦。」

他把手摸摸自己頭說道：「我告訴你，你豈不全懂了？」

「好，我們換一件事談談。」我說：「你沒有告訴佛山警官，你那種副業吧？」

「他沒有問我呀！」

「你也沒主動提供任何消息呀。」

「你自己也不是饒舌的人。」

「麥洛伯是不是你古董首飾的一個去處？」

「絕對不是。」

「我們假設本婉律說的是真話，那麼她賣了一件石榴石的墜飾給你。你把它怎樣處置了？」

「我經由生意管道把它處理了。」

「不是給了麥洛伯先生？」

「絕對不是。」

「但是後來出現在麥洛伯手裡，又突然變了鑲翡翠的？」

邱倍德的手又忙於抓頭髮了。「當然，極有可能不是那同一件墜飾。我對到底是不是石榴石記得不怎樣清楚。」

「懂了，你只是隱約對墜飾有一點記憶，於是你希望調查一下。對嗎？」

他眼睛閃光。「是的，就是這樣的。」

「你現在記不起來，當初你買下時到底是紅的石榴石，還是綠的翡翠？」

他什麼也不說。

「像你這樣地位的人，以古董首飾為副業，會不會忘記花十元錢買下了一個真正值錢的墜飾呢？」

「我見到這件墜飾時，墜飾上是沒有鑲翡翠的。」

「你不知道是不是同一件墜飾？」

「真的不知道，我只知道自本婉律那裡買來的首飾中，有一件墜飾很像這件事裡首飾的設計。事實上，要不是我翻一翻以前的紀錄，我連她的名字都忘了。我只是想幫你忙，賴先生——不是要給自己找來一大堆的不方便。」

「在這一類的案子裡，事情的結果往往是無法預料的。」

「可能是真的。」

「在我看來，本婉律是用來引開我注意力的。」

「抱歉，我以為我是在幫你的忙。」

「她很鎮靜，自己知道該說什麼，和善，言無不盡的人。事實上，她十分合作。合作到我認為是有人故意安排的。」

「賴先生，我向你保證，絕對沒有這一類事。」

「你看看，怎麼解釋這種可能性，那個墜飾是由本婉律賣出來，賣給你的。你交給了你不願意說出來的生意管道，不知怎樣墜飾到了麥洛伯的手裡。麥洛伯除去上面的石榴石和人造紅寶石，代替以非常好的翡翠，交給你來鑑賞，你把它帶去牛班明店裡估價。你又把它拿回來，交回給麥洛伯，麥洛伯立即又把這些翡翠拿下來——可能是要把石榴石和人造紅寶石放回去。」

「給你這樣一說，做這一件事做得毫無意義呀。」

「你能不能換一種說法，使這一件事有意義呢？」我問。

「不行。」他承認道。拉起他自己耳垂來。

「你自己在這件事裡也相當突出。」我說：「首先，墜飾到的是你的手中，是你出售出去的，有個人買下，把翡翠鑲進去，他帶給你叫你拿去給牛班明估價。你還自稱這是你的副業。你自己像是羅馬。」

「什麼叫——像是羅馬？」

「條條大路都通到羅馬。」我說。

他仍不斷拉他自己耳垂。「我猜只有一種解釋。」他說。

「什麼解釋？」

「我從本婉律那裡買來的墜飾，不是麥洛伯交給我去估價的那個——但是，我能夠發誓那兩個墜飾是一樣的。」

「一開始，你並沒有注意到它們的相似？」
「沒有，因為我只注意了寶石，沒有注意墜飾本身——你——你懂我意思。」
「我不懂。」
「這樣說好了，我自本婉律那裡買過來那墜飾那件事，我早就忘了。當我體會到麥洛伯那墜飾重要性的時候，我才想起曾經有過本婉律賣給我的墜飾，和這個一模一樣。」
我說：「那個墜飾是古董飾物的一個代表作。很可能有不少數目的這種墜飾，在市上流行過。」
「這是可能的——是的。」
「而這些貨中，有一個可能鑲了石榴石，另一個可能鑲了翡翠。是嗎？」
「這當然是一個可能性。但，老實說，賴，我仍認為麥洛伯所有的一個墜飾，就是我從本婉律那裡買來那個。」
「那麼，查出麥洛伯是從哪裡得來的——就變成當前最重要的一件事了。」
邱倍德說：「給你這樣一說，事情就不好辦了。」
「為什麼？」
「為的是我不可能把這些古董首飾出路說出來給你聽的。首先，這樣做會違反我客戶的利益的。再說，這樣會封死我自己一條很好的財路。不過我可以這樣說，很可能麥先生在死的時候，是在自己做一點偵探工作，他要知道這件墜飾怎麼會鑲上翡翠的，或是這翡翠從哪裡來的。」

「這樣說來，那個從你手上把古董首飾買去的人，是他在玩花樣？」

「我沒有那麼說。」

「那麼麥洛伯，他是南美洲政府的朋友，翡翠在南美是完全由政府控制的。麥洛伯想為他朋友做一點偵探工作。是不是？」

「我不過是想在不妨害職業道德情況下，告訴你這個可能性而已。」邱倍德說。

「謝謝。」我告訴他：「我會再仔細想想。你給我本婉律的消息，我抱歉我的反應方式不太對。我現在知道，你比我想像中要精明得多。」

「謝謝你，我也自己認為如此。」邱倍德說。他向我道晚安。

我走回街頭，開始要坐進我的車子，自然地四處看一下以確定自己環境。我車子的一百尺以內，另外還有兩輛車停著。每輛車裡有兩個人。那是早些時跟在我後面的兩輛車。

我坐進車去，把車開走。

兩輛車沒有一輛有一點要跟蹤的樣子。我從背後頸項以下開始涼起。這些人假如是跟蹤我來到這裡的，他們非得有通靈的千里眼才行。我看他們也不像很聰明的人，早先我也甩掉過他們，但是他們現在在這裡，就在邱倍德的辦公室門外，等著我出來。

第十五章　天翻地覆的房間

我走進我們偵探社所在的大廈時，天已經黑了好久了。晚上要進大樓時是要簽名的，簽名簿保管在開電梯的人手裡。我把名字簽上簿子，才發現他臉上奇特的表情。

他用很低的聲音對我說：「有人在等你，先生。」

我轉身，看到一位男人自大門旁一個隱處走出來。他全身都是「便衣」味。他自我肩頭湊過去看我在簿子上簽的名字，他說：「喔！喔！」

「有什麼問題嗎？」我問。

「我們在找你。」

「逮捕嗎？」

「怎麼會想到是逮捕？」

我說：「你全身不論哪一點，都可以知道你是條子。」

這句話使他受窘了，他可能自以為已經像是渡假的老師或出差的總經理了。「聰明，嗯？」他諷刺地說。

「當然，我是在全國最好的幼稚園畢業的。畢業的時候我還代表全班同學致詞呢。」

「喔，少來！」他厭煩地說：「警官要見你，我們走吧。」

「哪一位警官？」

「佛山。」

「他一定知道我辦公室在哪裡，否則他不會派你來的。」

「你來不來？」

「不一定。」

「必要時，我們可以把這件事公事化的。」

「發張逮捕狀？」

「也許是一張通知出庭書。」

「為什麼？」

「警官會對你說的。」

我說：「朋友，我不要別人說我不肯合作。但是我見過佛警官，該說的都說了。」

「這件事不同，你沒有說過。」

在這位大個子，惱怒，固執的腦袋裡面，看得出腦子的紋路不多。

我說：「我不去，佛警官還能動粗不成？」

「他叫我來帶你，只有兩條路，跟我去，或是不肯去——我只知道這些。」

「那我們去。」我說。

「你肯坐我車去？」

「不行，我自己有車，我跟你後面。」

「為什麼不跟我坐我車去？」他懷疑地問。

「我要回來的時候，可以用不到你們送我回來。」

他想了一下，他說：「好吧，我的車在對街。」

「我的車在公司停車位。」

我們經過大廳，便衣自停車處把車開到我們停車的停車場出口，把出口堵住。他等我把車開出來，他對我點一個頭，開始在前開車，自後望鏡中看我跟在後面。

我們自七街望西行，切過費格洛沙到威爾夏，自威爾夏大道開向好萊塢。

便衣並沒有告訴我我們要走多遠。他用固定的速度徐行著。看來像是要向海灘行去。不斷地他故意慢行到前面正好變燈，使我可以跟近於他。他要確定不能在他通過後，交通信號正好變燈。他是個多疑，依規定辦事的警察，他不冒任何不必要的險。

他突然給了一個左轉的信號，我們就向南行了。前面這個區都是較古老的大房子，有院子的住宅，單是維持費每月都在十位薪水階級薪水以上。

附近的人家散發的都是保守的繁榮——白灰牆房子、紅磚瓦屋簷、棕櫚樹、草坪、陽台、車道連接至屋後的三車車庫，車庫上有駕駛的住處。

帶的人把車靠向路旁。

我向前看就知道他要去哪裡。一輛警車停在一個這種住宅的前面。

我也停向路邊，把引擎熄火，把車燈關了。帶我來的人再把車開前，到房子前面平排停在警車旁，他對在前面值勤的警察說幾句話，坐在車裡等候。

那警察進去，出來，向我的便衣說幾句話，又去站在原地值勤。便衣把自己巨大身體自車中擠出來。走回到我停車的地方，他說：「好了，我們進去。」

我們經過守衛的警察，走上通向前面門廊的寬大梯階。大門打開。佛山警官自上面走下來接我們。他問：「知道這是什麼人的家嗎，賴？」

「我知道的。」

「怎麼會知道？」

「從地址。夏合利給過我們這地址。」

「來過這裡嗎？」

「沒有。」

「對夏合利，你知道些什麼？」

「不太多。」

「知道他工作性質嗎？」

「沒什麼有價值的。我記得你以前問過我的。」

「我知道。」他說：「從那次後事情變更得很多了。」

「夏合利出什麼事了？」我問。

他沒回答我，但是用銳利的眼光無聲地看著我。

如此看了幾秒鐘後，他說：「你怎麼知道他出事了？」

我生氣地說：「你少給我來這一套了。一個便衣把我半路逮到。我們老遠開車來這裡。一輛警車停在門口。大門外有警察守衛。你自屋裡出來問我夏合利。我要還不知道夏合利出了事，我還能混飯吃！」

「夏合利曾經要你給他做保鏢，是嗎？」

「是的。」

「他在怕什麼？」

「我不知道。」

「你認為他在怕什麼？」

我說：「我半點概念也沒有。」

「當有人來雇你做保鏢時，通常不都該問一問他在怕什麼，為什麼要保鏢呢？」

「假如我接手這件工作，我當然要問。」

「你沒接手這件工作嗎？」

「看起來不像，是嗎？」

「你為什麼不接手？」

「你真的想知道原因？」

「是的。」

我說：「可能夏合利不是在怕。」

「什麼意思？」

我說：「夏合利之要雇用我，也許是麥洛伯案中的一個線索。他到我們辦公室，等候柯白莎，兩個辦公室女人都記得他在那裡。我一提麥洛伯的名字，夏合利馬上決定我們一起去看麥洛伯。我們到那裡，發現麥洛伯被做掉了。」

佛山的眼睛現在在閃光，「這一點你以前沒告訴過我。」

「正如你所說，」我告訴他：「情況改變了呀。」

「那麼你認為是夏合利殺的麥洛伯，然後到你們的辦公室來——」

我說：「別傻了。你問我為什麼我不替他工作，我告訴你原因。」

「又如何？」

我說：「你且先假設，當我去到麥洛伯的地方時，我看到了什麼，使我對夏合利起了懷疑。」

「看到什麼？」他馬上問我。

我厭倦地道：「你又來了。我自己在建立一個律師叫作臆測的案例。我可能什麼也沒見到，但是夏合利卻認為我看到了。他可能認為我發現了什麼我不該知道的事。所以他聘雇我做他的保鏢。他向警方申訴，他可能會有危險。我二十四小時守著他。他到哪裡我跟到哪裡。假如他去一處森林無人之處，而我從此不再回來，如何？」

「謀殺？」

「不一定那麼簡單，有人對付我們，綁起來，帶到什麼地方。夏合利跑掉了。他帶了警察回那個地方，找到了我的屍體——一個勇敢的私家偵探，因公殉職。」

「聽起來像個大頭夢。」佛山嗤之以鼻。

「對我倒是個夢魘一樣的惡夢。」

「這是你不肯替他工作的原因？」

「我沒有這樣說。我在給你一個臆測案例。我在說，也許這是一個理由。」

「到底是不是？」

我看他直看到他的眼中。我說：「我不知道，警官。」

「去你的一下知道，一下不知道。」

「我有話直說，我真的不知道。夏合利叫我去替他工作，在我腦中，我有自史以來最大的、最簡單的第六感，我不可以替這個人工作。我不知道為的是什麼。」

「原來如此，第六感，嗯？」佛警官揶揄地說。

「信不信由你。」

「有沒有人給你什麼特別消息？」

「沒有，我告訴過你，只是靈感。」

「真有意思，」他做了一個大大不以為然，厭惡我到極點的表情。他說：「你知道太多了，你知道我不會拖你去見大陪審團，為的是你對本案有第六感。我們也不能把你的靈感用包裝紙包好介紹給法庭，做第一號物證。嘿！」

「這裡出了什麼事了？」我問。

他猶豫了一下，他說：「自己進來看。」

我們爬上水泥做的階梯，經過門外的門廊，打開沒有鎖的大門，走進門廳。門廳地上本是最好的櫸木地板，地板三分之二面積舖著高級東方地毯，在吊得高高的水晶吊燈照亮之下，打蠟的地板閃閃發光。

佛警官帶我走進一間在左面的房間，那是書房兼辦公室。

房間裡亂得一團糟。

兩張椅子翻轉又破裂，一張桌子倒向一側，一個墨水瓶翻倒，墨水倒得一地。地毯弄皺了，有的地方拱起來，明顯的是有人掙扎，用腳踢的。一個書架倒下來，就倒翻在地上，書架上移動的玻璃拉門破碎，散開。落下來的書本，因為有人在生死大戰而更為弄亂。書架的間隔板翻成各各不同的角度，像是兩列火車相撞後的現場。保險箱大開，箱中各格的檔案紙張全部被拖出來，像是被人匆匆檢查過又拋在地上。

「怎麼樣？」佛警官看我在觀察現場的一切，他問道：「你認為怎麼樣？」

「我有權發言嗎？」我問。

他煩惱地皺皺眉。

「假如你問我意見的話，」我說：「我要指出來，在打鬥之後，在夏合利被制服之後，保險箱才被打開的，這一點十分重要。你可以清楚地看到，當地毯和傢俱在打鬥時踢來踢去，地毯踢皺，傢俱倒翻，但文件紙張顯然是後來拖出保險箱，所以保持沒有破皺的。」

「繼續吧，我的福爾摩斯。」

「我們也可以看到，有一根斷了的橡皮圈和一堆信封，顯然是同一女人筆跡寄給——」我停下來，拿起其中一封信——「夏合利先生的，而在信左上角，我們看到發言人羅秀蘭小姐，她的住址是——」

佛警官一下把信攫過去，說道：「你不可以動任何東西。」

「這些信封，看起來裡面都是空的。」我繼續說：「但是，一個人沒有理由要把空的信封放在保險箱裡。所以很明顯的，這些信封自保險箱裡拿出來之後，信封裡本來有的信就被抽了出來。」

佛警官道：「我向你要的是事實，不是理論。」

「哪一類事實？」

「什麼人把夏合利綁走了？」

「你認為夏合利被人家綁走了？」我把眉毛抬起來。

「不是。」佛山諷刺地說：「他是自己決心離開這房間的，只是他手腳重一點而已。」

「我看，夏合利大概失蹤了，是嗎？」

「失蹤了，沒有錯。」

「你是怎麼得知的呢？」

「有一位傭人找夏合利吃晚飯。當他沒出來時，她進來找他。她見到的就是這個樣子。她認為應該報警。」

「於是你把我帶到這裡來問我問題？」

「沒錯。這個羅秀蘭你認識吧？」

我一本正經自口袋中拿出一塊手帕來，平鋪在桌上。

「你這是幹什麼？」佛山問。

我自豪地指向手帕上猩紅色的抹痕。我說：「見到嗎？」

「見到。」

「這，」我說：「是羅秀蘭的唇膏。」

佛山意外地看著我，勉強抑制怒火，他說：「怎麼會？」

「她很衝動的。」我說：「她喜歡別人，要不就完全不喜歡。她是好朋友，恨敵人那一類的。當她見到我，她喜歡我。她很喜歡我。她喜歡的人她就非常合作。」

「喔！」佛山說：「真是一大堆！」

「唇膏？」

「不是，廢話！」

「這些廢話，本來也是別人告訴我的，」我說：「我只是重複一下而已。」

「什麼人告訴你的？」

「羅秀蘭。」

「看來，我得去看一次羅秀蘭。」

「我也認為應該的。」

「在什麼情況下，她對你有那一大堆的好感呢？」

「我自己都不能太確定。她要我替她做一些事。」

「什麼事？」

「你可以問她。」

「你做了？」

「沒有。」

佛山指著唇膏印：「在這個之後？」

「不是在這個之後。」

佛警官說：「賴，你給我聽到。我們要有理性。夏合利顯然是有地位的人。他住好房子，看來有錢，一定也有朋友。也和麥洛伯兩個人一起有事業。麥洛伯死了。夏合利請警方保護，而——」

「向警方？」

「是的。」

「他要我做保鏢。」

「我知道，警方對這件事沒有太認真。他們告訴他，警方不能白天黑夜的派人保護他。這是私家偵探的事。」

我說：「如此說來，他是先去找警察的？」

「是的，那有什麼好笑？」

「沒有。我還一直以為他有理由要我和他在一起，其餘的不過是做作而已。」

「不過，」佛山深思地說：「也有可能，他猜想得到，警方是不可能派一個保鏢給他的。」

「他有沒有告訴警方，他在怕什麼？」

「含含糊糊。」

「是的，」我說：「一定如此的。假如他真的在怕什麼，他不會告訴你怕什麼的。」

「他像是想表明，殺麥洛伯的人，或是一幫人，很可能會來找到他。」

「他有沒有說為什麼？」

「沒有。」

「也沒有說動機一類的話？」

「沒有。」

「你們的人也沒有追問詳情？」

「通常我們是要詳詳細細問，詳細記錄的，但是，這一次是我們沒有答理他的請求。我們什麼也沒有幫助他。所以我們──」

「所以你們現在但願當初曾經多問他一些？」

「正是，」佛警官道：「這也是為什麼我們要請你來。我們認為對這件事，你會知道較多的。」

「其實不見得。」

一個警察自門縫中伸進頭來說：「另外一個也來了。」

「帶她進來。」

過不半晌，我聽到重重的腳步聲，一個警察帶了柯白莎走到門口，我看見柯白莎是被他推進門的。

「柯太太，請進。」佛警官說。

柯白莎向他生氣地看一眼，把怒目轉向我的方向。「這到底是怎麼一回事？」她說。

佛警官說：「我們要一些消息，柯太太。而且我們急著想知道。」

柯白莎用發亮的眼光環顧了一下弄得天翻地覆的房間。「這裡又是怎麼回事？」

佛警官說：「很明顯的，夏合利被什麼人襲擊了。他似乎不見了。最後看到他的人說他在這房裡。一位傭人在今天下午四點送茶，送點心進來的時候，看到他坐在這辦公桌後，在辦一件文件，保險箱門是開著的。」

「這些事和我有什麼關聯？」白莎問。

「我們要知道的也是這件事和你有什麼關聯。」

白莎用頭向我一斜，「問這位大亨先生呀。他是我們的萬事通。我只知道大概。而唐諾是什麼都見到，什麼都聽到，什麼都不說出來。這位賴唐諾先生——我的合夥人——去他的合夥。」

「好吧，我們先聽聽你所知道的『大概』。」佛山說。

白莎這一下謹慎了，在仔細選她的用辭。她說：「夏合利到我們的辦公室來。他要我們替他做件事。我把賴唐諾請過來，自此之後由他接待。」

「在你們這件交易裡，你主管什麼？」

「我背書支票。」白莎說：「馬上派專差送到樓下銀行去交換進帳。」

「哪一位專差？」

「卜愛茜，我的打字員。」

「我的機要秘書。」我加一句。

白莎恨得牙癢癢的。

「又怎麼樣？」

「於是夏合利就看上了唐諾。他說他要一個人日夜的伴著他。他要我們接受他的工作。」

「賴為什麼不願幹這件事？」

「別問我，」白莎道：「也許這傢伙有口臭、香港腳、刷牙會出血、愛滋病，再不然他不對唐諾胃口，他傷風感冒，會傳染人。」

「我不是在問你這些沒用的話。」佛山打斷她說。

「你在問我我不知道的事。」白莎說：「我告訴你，我不知唐諾為什麼不接這筆生意。」

佛山向房間掃視了一下，他問：「這裡的一切，你一點也不知情是為了什麼嗎？」

白莎看著佛山的雙眼，不講理，但是非常有說服力，她說：「屁也不知道。」

佛山無奈地歎口氣。他說：「那也只好如此了。」

我們經過房門，進入門廳，佛山警官就站在房門口。然後他轉身進房，把房門碰上。

白莎對我說：「本來可以不發生這種事的，假如你——」

「別亂講，」我告訴她：「這是假裝的。」

「你亂講什麼？」白莎指責道。

我扶著她帶領她走出大門，又一直到我們進了我的公司車，我才回答她她問我的問題，我說：「裡面根本沒有什麼打鬥。」

「憑什麼你會這樣說？」

「有沒有試過把一個分開八格的書架翻倒過？」我問她。

她生氣地問我：「你說什麼呀？」

「書架。」

「我又不是聾子。」

「那就別裝聾。」

「別那樣神秘兮兮。總有一天我一拳打在你下巴上。告訴我，好人，書架怎麼啦？」

我說：「挑一天，試試看翻倒一個書架。」

「嘎！又來了，你去死！」白莎發脾氣地說。

「我真的在說，不是假的。」

「沒錯，我知道。我應該去買一個八格的書架，再想辦法把它翻倒。如此，你就可以不必回答我這個問題。我恨不得空手把你捏死！」

我說：「當有人把那麼高的一個書架要翻倒時，書架最上部分在倒下時移動的速度最快。玻璃移動門會全被砸碎的，奇怪的是那一個書架，沒有一塊玻璃是破的。」

白莎抿上嘴唇想了一陣，她屏住呼吸道：「他奶奶的！」

我說：「再說，那一瓶墨水倒翻了。這當然是在掙扎打鬥中發生的，假如真有打鬥的話。但是沒有一個腳印上是沾著墨水的。假如有人在房間打到椅子翻轉，東西亂飛的話，墨水的腳印會到處都是的。」

「假如，打鬥是在墨水打翻之前結束的？」白莎說。

「那麼墨水又為什麼打翻呢？」

「我不知道。」

「我也不知道。」

「到底怎麼回事？」白莎問。

「假造的，白莎。你要知道，他們還小心到不弄出聲音來。仔細看可以看出來，那椅子的被砸碎，是先把四個腿的橫檔打斷，然後把椅子腳一次一支拔出來的。所有的書，是一次幾本自書架中取出，再把書架倒下來的。書架中的橫隔是一塊塊推離原位的。你仔細看看打過蠟的地板，根本沒有書架砸上去的印子。」

白莎倒抽一口氣，她說：「你真混蛋，我恨死你了，但是不能否認，你有腦子。也許你的想法是對的，明天一早我就把隔壁那間辦公室租下來。我立即請人來把它和我們打通，給你準備一個漂漂亮亮的私人辦公室。傢俱也由你自己來選。我把愛茜送給你做你的私人秘書。」

「明天我不會在這裡。」我說。

「為什麼不？你要去哪，唐諾？」白莎問。聲音咕咕的十分關心。

「我本來該有兩週休假，我明天開始。」

「你要幹什麼？」

「我休假呀。我去南美，我一直嚮往那裡的情調。」

白莎自公司車車座中僵直地想站起來。

「你，混蛋！」她喊道：「你卑鄙，混蛋的小不點！你，騙人，雙面的『同花假順』。你什麼東西，認為在這個節骨眼上可以出去閒逛休假？要不是我需要你的腦子，我保證我親手會殺掉你的——我真會的，你這混蛋！」

「你現在想回辦公室，還是公寓？」我問。

「辦公室！」白莎大叫道：「老天，我們總得有一個人工作。」

第十六章 哥倫比亞

大型飛機爬高在一萬一千尺的高度在飛。東方漸漸現出晨光。乘客都在倒下椅背的坐臥兩用椅上睡著了。前座只有一位乘客，亮著閱讀燈，在看一份西班牙文報紙。

飛機中空氣是舒適的。一路飛來平穩。現在進入了氣流，稍有一些上下顫動。

東方晨色更明朗。下面看得見大片仍是灰暗色的叢林。機後小廚房中飄出咖啡濃馥的芳香。

旅客開始有動靜了。

空中小姐帶上咖啡和熱麵包捲。我右側的旅客客套地向我笑笑。「味道不錯，是嗎？」他問。

他是個高個子，大骨骼，曬得黑黑的，全身沒有肥油的傢伙。我估計他五十出頭，因為他眼角上有不少友善，很深的皺紋。傍晚上機的時候，我聽到他說西班牙話，有如當地土著一樣流利。

「肚子餓了，更是好吃。」我回答他說。

「飛機上都是經過專家研究過的。」他說：「一個人情緒最低落總是在清晨前一刻。太陽露臉了，人的情緒就升起來了，於是漂亮小姐帶了咖啡來了。在飛機上一整夜和在巴士上一整夜是有區別的。人對高度和速度自有他興奮感。你看看底下的叢林，快到山區了，目前看來一切是灰暗的，但是太陽一出來，在陽光下，就會像玫瑰花瓣上的露水一樣清新。」

「聽你說話，你像是個詩人。」我告訴他。

他一本正經地回答：「那是因為在哥倫比亞住久了，人就會對美好的東西懂得讚揚。」

「你是住在哥倫比亞的？」

「北面，美塞顏，沒錯。」

「很久了？」

他笑笑道：「三十五年。」

「那是個什麼樣的地方？」

「漂亮，每件東西都漂亮。安迪斯山常青，永遠新鮮。那裡的山不崎嶇，沒有起伏；他們像——豈有此理，他們就像首飾。那邊還有肥沃的山谷地，氣候好得出奇。說到氣候——你根本不會懂有多好。」

「有多好？」我問。

「十全十美。海拔差不多一英哩高，叢林出來的熱氣，近赤道，但是因為高度高，你不覺得冷，不覺得熱，一年四季如春沒有改變。

「蘭花成千成萬地長，人不需要空調。山水又清潔又甜，取之不盡。老天，我倒像觀光協會會長了。我真喜歡那地方。我想念她。我離開兩個月了——去國內有公務。」

「你一定認識不少常去美塞顏的人。」我說。

「差不多每一個人——至少是每一個值得認識的人。」

「美洲人也不少吧？」我問。

「北美洲人。」他糾正我道：「哥倫比亞人也是美洲人。所有南美人都是美洲人。沒錯，北美來的很多。對他們有些類型送下來的人，我真是十分不滿意。這些人喜歡搞小團體。美國來的人，應該增進國際友好和共益。但是他們能和當地人民共處嗎？學他們語言嗎？尊敬當地習俗嗎？有誠意溝通嗎？去他們的，整天狐群狗黨地集在他們自己小環境裡。耽了兩年、五年，外面什麼美麗東西也沒有見到，連國家人民都沒有接觸。叫我倒足胃口。」

「有一次，在一個晚宴上我見到一位姓麥的先生，」我說：「我相信他在那裡有些礦權的。」

「麥洛伯？」

「我相信他名字是洛伯。」

「最近好久沒見到他了。一度我經常見他。他常下來看他的礦產。他是兩個繼承人的信託人——侯珊瑚的產業。」

「是的，我記起來他如此說過。他就是一個對這國家十分熱誠的人。」

「沒錯，是好人。」他說。

「還有一個人也是信託人，」我說，一面把眉頭蹙起：「忘了他姓什麼。好像是姓大廈的廈？」

「夏天的夏，」那人說：「他很少下來——一年兩次三次。」

「他們關心的產業是什麼？礦？」

「大多數是礦，我對他們不是太熟，你先生尊姓？」

「賴。」我說。

「我姓朴，朴喬近。你準備去哪些地方？」

「目前還說不上。」我說：「我在找一個投資的機會。可能在這國家裡從東到西看看。也許每個地方耽一兩天。」

「你是做什麼的？」

我說：「我是打遊擊的。我有一些錢在手上，有利益可圖的我就下手。」

「你先到哪裡看？」

「還沒有決定，你既然提到美塞顏，我倒有興趣先看她一看。」

「好，你絕不會失望的。你對那裡的人會滿意的。當然，一上來你不容易進入當地老一輩有地位人家去，你不必失望，但是在你不知道情況下，他們會觀察你的。他們對你滿意時，他們隨時會接受你，把你當朋友，就等於把你當他們家人。」

「怎樣才能使他們滿意？」我問。

「不知道，也許不能一切把『利』字放在前面，像所有到南美來的美國人一樣。做得輕鬆一點，這些人以友誼為前提的。生意當然要做，但是做生意的目的，是長久地享受社交的愉快。」

「宴會？」我問。

「不像我們想像那樣。他們圍坐著，喝一點好酒，互相閒談。不會有人真醉。這裡的人有一件事是不會幹的——大庭廣眾間喝醉。可以醉到好處，但是不能真醉。很難形容的，我也說不上來，要你親自去體會，很微妙的。

「這些人為生活付出的比我們多。他們付出友誼。他們高興別人的存在。他們有文化，有為他人設想，有較多的對別人尊敬。我不知道我為什麼要那麼饒舌，但是我知道你有興趣，而我也希望你能走出的第一步就走對了方向。我也歡迎你試試美塞顏。能不能賺錢，則要看你自己怎麼去做。有資本的人到這個地方來是可以賺錢的，但是本地的人不希望你們來剝削這裡的勞工。」

「如此看來，那個姓麥的在這裡混得不錯囉？」

「我不知道，姓麥的應該是賺到錢了。不錯的人，嘴巴可是緊得很的。」

「我還見到過一位葛太太。」我說：「她也是那邊什麼地方來的。認識她嗎？」

他搖搖頭。

「一位葛珍妮，她是一個已故礦工的太太。」

「喔，我知道你在說什麼人了。」他說：「我自己不認識她。我聽到過有人提起她。有一段時間她自己有錢，再不然有人認為她有錢或有什麼，但後來又沒錢了。在哥倫比亞時，她生活得有如貴婦。當她沒有錢了，她去美國，找一家大人家做下女的工作。他們說她一毛不花，全節省下來。工作得有如一隻狗。然後她買些衣服，回到美塞顏。在這裡她一些工作也不做，開開口就好了。」

「是別人告訴你的？」我問。

「是呀。」

「你沒弄錯吧？」我問：「不會是在美塞顏她努力工作，去美國做貴婦吧？」

「這怎麼會。她在這裡時，是個正常的貴婦。她懂得安排，自美國賺錢，帶美金到這裡來花，一直不錯。最近不行了，你要知道，幣制對換和通貨膨脹現在不同了，美國賺錢這裡來花，不見得有利了。」

我猛力在思索。太陽升上來，自飛機窗口照了進來。黃金色的陽光帶進這定溫的機艙，溫暖自心中升起。下面叢林還未曬到日光。仍是灰灰的。太陽再升起一點，山邊鑲上金黃色，又升起一點，漸漸曬透叢林。

「我們再過去要上升飛越幾座山。」朴喬近說：「你會見到一個大而美麗的湖，四周有不少房屋沿湖而建，風景美得出奇。現在我們進入咖啡帶了，他們產的咖啡好極了，你應該試試哥倫比亞咖啡。你可能一生未試過這種好咖啡。不論你多濃多黑，一點苦味也不會有。只是非常好喝的芬芳飲料。」

我沉思地說：「哥倫比亞，很多翡翠不都產在那裡嗎？」

「是的。」

「在那邊能很便宜購到嗎？」

他搖搖他的頭。

「也許能不能便宜些買下原石，拿到別的地方去切割？據我知道未切割原石的稅價是不高的。」我問。

他又笑笑，搖搖頭。

「那邊翡翠礦不少吧？」

他仔細地看我。

我等著他回答我。

「我對這一點不十分知道。」他說：「那邊金礦倒不少。假如你想投資一些金礦，那倒是很好的。有很多礦，假如用水力開發，會非常好。那裡水源多，很容易用高壓水力來開礦。」

「有沒有可以投資的翡翠礦？」

「沒有。」

「那邊有些什麼可消遣的呢？」我問：「我是說在工作之餘做些什麼呢？」

「這些事告訴你，你也不懂的。那邊的人彼此互相喜愛。在美國朋友相聚，不是橋牌，就是梭哈。這裡大家享受相聚的樂趣。要親自經歷才能體會。」

我說。「給你一說，這個國家變得十分可愛。有一位叫霍勞普的先生你認識嗎？」

「霍？」他把眉頭皺起，「他是幹什麼的？」

「我不知道。」我說：「我認為他在哥倫比亞有點產業。再不然他有什麼收入。」

「什麼產業？」

「我不知道。我只是含含糊糊聽到了一些而已。」

朴喬近搖搖頭。

我們不再對話。過不多久，下面的景緻大大的吸引了我的注意。我們經過了一個大湖，湖面平靜，小小微風吹過，連漣漪也不起。此後幾英哩有些顛簸，而後飛機突然一轉，對著瓜地馬拉共和國下降。

飛機自瓜地馬拉起飛南下時朴喬近比較保守，對我有一句無一句的問題只是唯唯諾諾地應對。顯然他也在沉思。有兩三次他頭向後仰，作睡眠狀。但是我自某些直覺，看到他未能全部放鬆，他的腦子也並沒有休息。

我們飛過幾座山，越過一座活的火山。飛機飛得很高。我們可以看到飛機的一側是太平洋，另一側是大西洋。

「我看我們快到巴拿馬了。」我試探地說。

「快了。」

靜默了半晌，朴喬近突然道：「老弟，要是我給你一些建議，你不會見怪吧。」

「願聞其詳。」

「別去搞什麼翡翠。」

我把臉色做得奇怪，不明瞭。「為什麼？翡翠有什麼不對？」

「你不斷對見面的每一個人說你剛才說給我聽的話，」他獰笑著說：「用不到太久，你就知道我是什麼意思了。」

「我不懂。」

他說：「翡翠，是政府公賣局專賣的玩意兒。這下你懂了嗎？」

「我還是不懂。」

「在全世界，翡翠是件大買賣。」

「這我想像得到。」

「哥倫比亞政府對這件事控制得十分周到。」

「什麼意思？」

「我是說哥倫比亞政府控制每年翡翠流入市場的數目。而翡翠在國際市場上的價格，也是由他們控制的。顯然的，假如太多翡翠流入市場，價格會跌。連大寶石商也不會知道哥倫比亞政府的決定。」

「又如何？」

「有空時想一想，假如你是政府，你有權控制某一件東西在國際市場上的價格，你會怎麼樣？」

「我含含糊糊有些懂了。」

「那好，」他說：「你就讓你含含糊糊的懂，慢慢變成豁然貫通，又變成醍醐灌頂。現在你懂了嗎？」

「我漸漸在貫通而已。」

「那好，你慢慢想，我且暫時不來打擾你，我們暫時停止講話。我們快到巴拿馬了。到了那裡會有人問你，假如有人認為你對翡翠有興趣，興趣又是買賣，第二天你就上不了機，到不了哥倫比亞。」

「你說他們對我的美國護照不受理？」

「喔！絕對不會那樣無禮的。」他說：「你去的地方，外交是件藝術工作。沒有人對外國護照無禮。你會發現，在你這件特別案例中，由於某種疏忽，你手續上有些小問題，因而突然的，你只好走回頭，你仔細想想。」

「我會的，」我對他說。

「你看你自己，你不反對我給你的指責——你去那邊就不像是真正旅遊。我不知道你去那邊真正的目的，但是，你一定有你真正目標的。等一下再見了。」

說完這些，他執意地把雙目閉上，把頭靠向椅背上，完全不再理我，好像他已經下機了。

第十七章 政府代表

他給我有關中南美洲的消息是十分有用的。它使我對中南美認識，眼張開，嘴閉上。我以前根本不瞭解這一帶的情況。睦鄰政策在這一帶執行時，有如機器在油缸中轉動。

我回答他們問題得當，所以次日我再去機場，沒有人告訴我我的手續有什麼小缺點。因而我平安地搭上去美塞顏的飛機。這次喬近小心地選坐了前面靠窗的一個坐位，坐在一個白髮媽媽樣的女人旁邊。

我懂得他的意思，不去和他打招呼。

一路上他甚至很少看向我這邊。

我們飛過多霧氣的熱帶叢林。寬闊流速很慢的河流在熱帶林裡，平靜得看不出她的流向。自我們那麼高的飛機上向下看，有點像在睡眠中一條條的蛇。河流兩岸不時有茅草為頂的簡陋小屋，一小群，一小群的集建在一起，像是彼此可以有個照應。群居的中間都有一塊小小的耕種土地，看來這些部落平日生活範圍都在這一箭之地以內。

前面見到有山。叢林單調快速地後退，安迪斯山迎面向我們招手，飛機沿氣流下去，在山脊處上升，山脊後是一個肥沃的山谷，谷中有通路和大田莊。長方型的耕地，有蜿蜒的小道通往山頂，使風景多姿多采。

從我們在上面飛行旅程看下面，有如我們在看整個國家經濟發展的歷程——自山頂簡陋的農場，經過騾子的小徑，泥巴路，到舖了路面的公路，有更多的農場，大田莊，最後是零星的村落形成如畫的小鎮。

我一直在看飛機下面的國家，現在出現的是白的水泥圍牆，私人游泳池，出現的是有錢地主們安靜、舒適的生活方式。

飛機在飛過又一個山峰後，沿了山脊一條山路下降，貼地那麼近，我可以看到牛群懶懶地在吃草。山路闊大，漸近陽光普照的山谷，美塞顏就在前面。幾分鐘後，我們下降，平安地回到地面。

朴喬近先下機，沒有和我交談。

我在機場買了一本西班牙英文辭典，乘計程車來到市區最熱鬧的地方，在旅社找了一個房間，兌現了兩張旅行支票，找到美國領事館報到。

有一封信已經在那裡等我，是宓善樓留給我的。信文如下：

親愛的唐諾：

白莎血壓在上升。我不知道你會給我帶來好事還是壞事，但是我覺得你現在在走的路是對的。

霍勞普申請了護照，買了一張去美塞顏的機票，乘飛機到了巴拿馬，就此失蹤。因為自巴拿馬再起飛時，一再呼叫就是沒有霍勞普。飛機曾因而延遲一小時，騷動倒是有一大堆，霍勞普則見不到。

目前，在這邊有了一些進展。

糖果中所使用的毒藥，顯然來自霍的工廠。郵寄地址所用打字經查來自霍勞普的打字機。檢驗室同仁至麥洛伯住處，以真空吸塵機及顯微鏡檢查，他們發現有硫酸銅的結晶微粒，而且量還非常多。總之，這裡看起來一切對霍不利，幾乎已經成案了。

你曾見過此人，也曾和他對話，似應可以指認得出他來。我已在和美塞顏警方聯絡。我希望你能和他們取得聯絡，聽他們支配。

我告訴我上司，我洞察先機，先一步已派你前往美塞顏，我的上司非常高興，對我聲望很有幫助。這一件事，你是幫了我不少忙。

你如有什麼發現，請即電告。

讀完了宓警官的信，我來到當地警局，幾經周折，找到了我要找的人，那個人據說也一直在想找我。

西牛（西班牙語先生）洛達夫・馬拉里拉，是個小個子，有體力，動作敏快的人。魚尾紋佈滿了眼旁，嘴角上翹，使他老呈笑臉的樣子。但是他的眼光尖銳，有如撲克好手在注視桌面一樣。

他聽完我告訴他的故事後，有禮地用標準英語對我說道：「西牛賴，你對投資有興趣？」

我點點頭。

「礦業？」

「礦業一向都是好的投資對象。」

「那麼，你在這裡的時候，要東看看，西看看囉？」

「大致如此。」

「這可以安排的。有沒有什麼特別有興趣的礦產呢？」

「沒有。我對這裡尚不熟悉。」

「不過，這個霍勞普——你是認識的？」

「我見過他，是的。」

「這位霍勞普，他對這一帶的礦產有興趣？」

「是的，我相信是事實。我知道他是侯珊瑚遺囑的受益人。侯珊瑚活著時有不少的礦權。託管的有兩個人，一個姓夏，一個姓麥，姓麥的是被謀殺的那個。」

「喔，是的。西牛麥，常來這裡。幸好我們現在有一個人可以認出霍勞普來，而正好在這裡。當然，我是指你——西牛賴。假如有什麼我們可以幫助你的，請開口，我們會照辦的。姓夏的和姓麥的產業，我是知道在那裡的。你要不要看一下？」

西牛馬拉里拉注視著看我，臉上表情是有禮而好意的，眼光像可以剝去我外衣，直接透進我的內臟。

「去看這些產業，對我不會有什麼好處的，」我說：「除非他們有出售的意思。你認為他們會出售嗎？」

「假如出價合宜的話，全世界什麼都可以出售的。」

我同意地點點頭。

「你是說，你不想去看這些產業？」

我說：「不對，去看一下也許有好處的，至少會給我一些價值概念。」

「明天早上九點鐘我會把我車子準備好。我會陪你，我們請駕駛來開車。下去到河邊會很熱的，你該穿得隨便一點。我們要來回兩天時間。」

我想多問他一些問題，但是他已經站起來向我鞠躬下逐客令了。我一點也不笨，我知道一路回旅社，有兩個人在跟蹤我。

那一晚我沒有好好睡。剛下飛機，氣候是溫和，舒適的。現在有點沉重，怪怪的。

晨光亮起一小時前，天主教教堂的鐘聲就把我吵醒。此起彼落各教堂不同的鐘聲，加上人行道上步行上班的當地人腳步聲，提醒我我是在異國。顯然，這些人為了要省幾毛車資，要走上好幾哩路才能到上班的地方。他們心情愉快，曳著腳跟，搖擺著定速前進，表示工作是人生的一部分。

我起身，坐在窗口看天亮。

清晨的空氣清脆得有如一片包心菜葉子。我看到東方遠山鑲上黃邊，但是自身尚還是灰色的。耳邊聽到的是上班人快速、流利的西班牙語，他們的舌頭一定比我們活動範圍大，否則這些繞舌的話，怎麼能說得那麼快。偶或我不時聽到有人在笑。他們不作喃喃的埋怨，從不心懷不滿。他們正直，受人尊敬。他們接受事實，並愉快面對。

七點半，我進早餐：厚濃辛辣開胃的果汁、有鳳梨味的香蕉，帶黑子端上來，要你自己擠上新鮮檸檬汁的木瓜。然後是軟煮白蛋、烤脆的麵包片，煮久也不會酸苦的哥倫比亞咖啡。咖啡非常好，在杯中是深黑色的，在匙中是琥珀色透明的，在口中，它是瓊漿玉液。

用完早餐，我已不在乎到底有多少人在跟蹤我。

西牛馬拉里拉的車子正九時前來報到。

車子大，而且擦得雪亮，駕駛是深色皮膚的大個子。他把門自車外開啟，根本連看一下我生得什麼長相的興趣也沒有。西牛馬拉里拉伸出手來向我的時候，我正在研究，駕駛是不是一個服勞役抵債的苦工。

「部你諾斯地阿斯，西牛。」我說。

「早安，賴先生。」他說，輕鬆愉快。

我舒服地自己向座墊一靠。旅社替我拿行李的小雜工快速地把我行李送上來，對這部車子和來接我的人有很深的印象，駕駛把行李放到車後行李箱中，自己坐回駕駛座，開車上路。

路很平穩。車子開得很快，我舒服地享受沿路風景。

洛達夫．馬拉里拉看透了我的情緒，他縮在自己一角，一語不吭地抽他的香菸，不時微笑著，魚尾紋在藍煙中加深像是蠻欣賞這菸的味道。他對風景毫無興趣，顯然他自己腦中有什麼好笑的事占住了他的思想。

我們沿山谷而下，幾條小溪在農田中成帶狀經過，漸漸變窄，最後完全消失，看到的只有山壁。山壁這時仍還軟而翠綠，點綴著在吃青草的牛。向上看這些山都是高聳雲霄，高到可以把隨風吹來的雲團切割開來。

西牛馬拉里拉連續吸完了他第六支香菸。他的眼光疑問地看向我這邊。

「這裡的一切都很美。」我說。

他只是點點頭。

我看著司機的呆呆頭，他坐在那裡駕車，直直地一動也不動。我說：「他走得很快，他知道怎麼開嗎？」

「毫無問題。」

「我的意思是他能不能在這種路上，這樣速度，開這種車？」

「毫無問題。」

我說：「看來不像是聰明的樣子。」

「他是個好司機。」

「本地人？」

「應該是的。西牛頓，用既有的常識，來判斷一個不同種族的人是十分困難的。不知道你有沒有發現這一點？」

我說：「說不上來，這個人在我看來笨拙拙的。我疑心他的反應能力會不會夠，假如在山路轉彎的時候，正好對方有來車的話。」

馬拉里拉搖搖頭，他說：「這一點我對他有信心。這傢伙敏捷得像隻貓，不要擔心路況，西牛頓。」

這件事就如此解決，我們接下來談了回風景。前面有輛車開得像瘋了一樣，來了一次大蛇行，我急於抓點東西來平衡。

我們的司機在這一方面正如馬拉里拉所說。他一下快速反應，有力地扶轉方向盤，百分之一秒之間他決斷地讓過來車，兩車的前保險桿差之毫釐地擦過。

我的心跳一度停止，然後猛跳，使我咳嗽成聲。

西牛馬拉里拉沒有停止吸菸，也沒有停止欣賞吐出來的藍煙。兩車交叉時，他連眼睛都沒有眨一下。

我等自己能控制自己聲音時說：「我想你說的沒有錯。」

馬拉里拉把眉毛好奇地向上一抬。

我用頭扭向司機的方向。

「毫無問題。」馬拉里拉說。自此就不談這個問題——這像是旅行中的一點小事故，不足一提的。

路突然向下落。養牛牧區變為大木材的森林。身上不覺熱了起來，不是溫度計上的真正熱度上升，而是濕度加大，汗蒸發不起來。我把上衣脫下。襯衣已經汗濕，但是身上黏濕得厲害。

近午時，我們來到一條寬而流速遲緩的水流。顯然每年在這時候河水流速不大。我們經過一座懶洋洋的小鎮，沿一條狹窄的泥巴路到了一扇木柵門，門上一塊木牌寫著「雙苜礦場」。木牌上掛了一隻大的木製馬蹄，馬蹄內兩片四瓣苜蓿葉，用錫鑄成，漆成綠色。場內建築物雖維持得很好，但是從各種小地方看得出都是舊房子了。

一位高瘦個子，穿了汗濕了的白衣服出來迎接我們。他叫費律潑．繆林杜。他不會說英語，是礦場經理。

這一點我只好接受。

西牛馬拉里拉用西班牙話說話，繆林杜極注意地聽著。他轉身向我鞠躬，握手。

馬拉里拉用簡單平靜的方式對我說話，使我瞭解大概。

「我對繆林杜解釋過了。我說你是兩位信託人的好朋友，你來哥倫比亞是來看礦的。」

「這——」我說：「和事實有些出入。」

「喔！也差不太多。」他微笑地說：「反正，對這一類人大家也不太和盤托出的。對他們我只告訴他們要他們做什麼，很少解釋理由的。多說就浪費時間了。」

但是，在我看來，剛才馬拉里拉的解釋並不短暫。而且，他和繆林杜又辯論，又討論，彼此說了不少話。談話中又聳肩，又用長長的語調說不——

我們在礦場轉了一圈。看到寬大的人工引水道，看到水被引進大的噴水口，看到強勁有力的水衝上礦泥，把含金的泥沖下洗礦槽。

費律潑．繆林杜一路解釋，馬拉里拉不斷翻譯。我並沒有學到什麼新鮮我不知道的，也沒什麼值得興奮的。

我又熱，又黏黏的，感到全身有千百隻螞蟻在爬。那個木雕臉駕駛，顯然又兼保鏢，跟住我們寸步不離，現在我看到他後褲袋裡凸起一支六連發大型傢伙。我突然對他的存在有點不自在。

一輛破舊不堪的車子，自泥巴路上夾著塵土滾滾而來時，我們正在回到辦公室的路上。不知什麼原因，車子給我將有麻煩的預感。

汽車搖擺地停下。沒有什麼特徵的一個當地人自車中出來，懶怠地繞向後方。車中我仍見到有動靜，然後我見到柯白莎多肉，紅而充血，滿是汗漬的臉。她正在車中蠕動。

駕駛在說西班牙話。

我聽到白莎在大叫道：「不要把你吃大蒜的口氣噴到我臉上來。快點把車門開了！」

那人並沒有幫她開門的意思，只是不斷地用西班牙話向她傾訴。然後他越講高聲，動作越大，本來只是腕部在動的，現在肘部、肩部，連腰部也動起來了。口沫橫飛地在用西班牙話對她說。白莎自口袋中拖出一本西英辭典，是在美墨邊境到處可買到那一種。白莎把辭典猛翻。

最後她翻到她要的那句，她讀著道：「阿勒拉——拉——破——衣得，愛斯塔伊——阿——破來——蘇拉獨。」

那個人仍在講他的。

西牛馬拉里拉朝柯白莎看，又看看我。「你認識她嗎？」他問。

「沒錯，她怎麼會來的呢。」我跑向車子。

白莎向上看到我，她說：「老天，把這混蛋的車門替我打開。我在這裡都快窒息死了，而這個狗——狗——狗叉叉的不肯替我開門。」

柯白莎已經把車窗全部拉下了。她臉向我，一度我以為她想自車窗裡爬出來。

我說：「呀，這不正是我朋友柯太太嗎，真是出人意外，會在這裡見到你。」

「你他媽對了。」她生氣地說。

我快快接嘴：「我來這裡看一些礦產，我一直對礦產投資有點小興趣。而我的朋友，警察局的西牛馬拉里拉，特別招呼我，帶我來看這個夏先生和麥先生共有的這家雙苜礦場。」

白莎生氣道：「少來這一套。把門開了再說。」

馬拉里拉用腰部鞠躬。「抱歉，西牛拉（註：西班牙語太太）。」他說：「也許我可以幫你的忙。你要翻譯嗎？」

「翻譯個鬼！」白莎道：「這狗養的連他自己的話都弄不清。我已經把我要對他說的話，照這本書上唸給他聽了，清清楚楚。書上說把門打開，又說我有要緊事在忙。」

西牛馬拉里拉一點笑意也沒有。他說：「但是司機說你一定得先付他錢。好像你還欠他五個比索。」

「他在說謊，」白莎道：「我已付清這一趟車錢，他也知道他要到那裡，銀貨兩清，如此而已。」

「但是司機說，你們說好的是十二公里以前的小村莊。」

「但是，是他們告訴我礦場就在那小村莊裡的。」

「沒錯，地名是如此的，路程可還有十二公里。」馬拉里拉說。臉上保持著微笑。

老爺車司機猛點他的頭。

白莎說：「即使是十二公里也太貴了一些。」

「他是要你完全滿意的，夫人。」馬拉里拉說：「他說，要是你不肯付他帶來這裡的錢，他就不要你錢，也不給你下車，原車把你送回十二公里外的小村，這樣兩不相欠。他說你是個可敬的太太，他要你完全滿意。」

「去他的回去。」白莎道：「我不是一個可敬的太太。我要把這混帳汽車拆散了，我就要在這裡出來。」

駕駛又用西班牙話說出一連串的抗議。

西牛馬拉里拉似乎是很嚴肅，而且公正不偏的，他一點也沒有幽默感地冷靜看著局勢的變化。

假如，我能知道，司機能使車絲毫無損地把白莎自原路帶回小村莊去，我就會絕不開口，袖手旁觀了。但是，我是知道柯白莎的爆發力，我也知道這輛車經不起她兩三下子會變什麼樣子。我說：「不要緊，不要緊，她是我的一個朋友。」我一面把皮夾自褲子後口袋取出，把他要的比索給了他。

他千謝萬謝，用鑰匙把後車門打開，把白莎放了出來。

西牛馬拉里拉說：「我知道這位司機很多年了，他每次都把兩個後車門用鑰匙鎖起，客人不給錢給到他滿意，就不放客人出來。不過你的朋友倒還好，沒有太過的不方便。」

我不發表意見。柯白莎不必發表意見，一切已見諸於臉上表情。

費律潑．繆林杜用西班牙話對馬拉里拉說話，馬拉里拉翻譯給白莎聽。所有雙苜礦場的設施，對高貴的來賓，都是開放參觀的。

白莎的司機把白莎的行李一件件地自汽車中搬出來。顯然白莎是從飛機上出來，根本沒耽誤任何時間，把行李搬上汽車，就立即開始她盲目的叢林之旅的。

可是，一切計畫都因為她的來到弄亂了，也變複雜了。

我們所有人都進入礦場辦公室。繆林杜自土甕中掬出水來，土甕濕濕的表面看來像沙漠中的綠洲，但是水因為蒸發不夠，所以和室溫的溫度相同。

白莎喝了兩瓢，歎了一口氣，她說：「這樣才好一點，也只是好他媽一點點。」她把自己坐進一張椅子。「老天！這是什麼鬼地方。」她說。

洛達夫．馬拉里拉說：「我對你的光臨，有點不太瞭解，西牛拉。」

白莎用她熱得猛出汗的皮膚，冷得像鑽石的眼，怒視他道：「當然，你又不會算命。」

馬拉里拉突然說：「大家在這裡等一下。」他向他的駕駛點點頭，兩個走出去。過不多久，我聽到他們汽車的引擎響起。

「這傢伙會說英文嗎？」白莎用頭扭著指向繆林杜。

「顯然不會。」我說：「但是千萬不可以信任這種人。要說話可以多繞一點圈子。」

白莎生氣地說：「好吧！你就繞你的圈子吧！」

我說：「在我的案子裡，討論到局勢變化所引起的原因，我有一個初步結論，起因是有關冶金所得利潤的不平均分配。」

白莎道：「對我個人來說，我絕不自己出錢到這裡來亂跑。你知道，白莎出差，一定用開支費。」

「有足夠的定金，是嗎？」

「這一點，他很慷慨。」白莎說。

「不要提人名。是不是一個曾經要我們做過事的人？」

白莎大大生氣地說：「我不知道我為什麼一定要受你氣。你別出心裁突然的飛走，連上帝也不知道你現在在做什麼，我疑心歸根結底你又是看上了什麼爛妮子。現在想起來，自始至終只要案子裡有女人，你就不可靠。」

我不吭氣。

「那兩隻狒狒，你在顧忌他們什麼？」白莎問。

「其中一個，」我說：「是絕頂聰明的人。可能兩個都是。」

「去你的，」白莎反駁道：「你白痴！你向他們說話，他們只會看著你傻笑。他們離開美國一兩天的航程，學些英文，沒什麼稀奇，你就以為他們是天才啦？」

我說：「你自己不也是離開他們國家一兩天航程嗎？你學到多少西班牙話？」

白莎撿起一張她看不懂的報紙，一面翻著看，一面說：「去你的。」

場面靜下來，只有蒼蠅在團團飛發出聲響。費律潑．繆林杜坐下來，自己替自己捲了一支香菸，把它點著。向我們微笑著。

白莎拿起她那本辭典，在會話欄裡找了一句，難苦地說道：「愛呀老，」又翻到她要的一句唸著道：「散凡——沙？」

礦場經理搖搖頭。他用西班牙話對她說話，一字一字仔細慢慢地咬著說給她聽。

白莎看著我道：「這些古靈精怪的混蛋話，你聽得懂嗎，唐諾？」

「撿到幾個單字，不過我猜得出他在說什麼。這裡沒有冰啤酒。假如你想要，可以去鎮上買——不過也是溫的。」

白莎說：「溫的啤酒，去他的！」

我說：「記住，不要去駁斥當地這個警察管區範圍裡的一切。」

白莎嗤之以鼻道：「這一點點水下肚，馬上消失了。我比我沒有喝水之前還要口渴。媽的，真熱！」

我說：「過不多少天，你會習慣的。你現在在一個完全和洛杉磯不同氣候的國家。你的血，現在都比較濃一點。」

「你真會幫忙。」

「你不是說過要我為這件事做點事嗎？不要拚命地把血壓升高，你就不會那麼熱了。」

「他奶奶的！」白莎怒吼道：「你倒試試，讓一個公路強盜把你鎖在車裡。高高低低的在不平的路上猛闖，還要抬高物價，否則送我回去，你血壓不高才怪。你想那兩個傢伙要幹什麼，去了哪裡？」

我深有含意地看向礦場經理，一面對白莎道：「我怎麼會知道。」

「你說那傢伙是警察？」白莎道。

我說：「而且多半是國家警察。」

「另外一個是他的司機？」

「司機，保鏢，顯然還是特別助理。」

白莎說：「我看他連下雨應該進門來躲雨都不會懂得——我是指那司機。」

「另一個有腦筋，足夠指揮兩個人。」我說。

「別那麼有自信。」白莎勸告地說：「在我看來，我從來沒有見過一個條子，比我們這位老頑固朋友宓善樓更能幹一點的警察。」

我說：「我明白了。原來如此。」

白莎臉紅起，怒氣地說：「你在暗示什麼？」

「沒有呀。」

她向我咕嚕了一下不知什麼話。

「我們小心一點，我們自己不要搭錯線了。」我警告她道：「我已經告訴你，我來這裡的目的。等一下一定有人會問你，你來這裡的目的。」

「問就讓他們去問，有什麼了不起的。」白莎道：「我想旅行，我有權到隨便什麼地方去旅行。」

「為什麼到這一個特別地方呢？」我問。

「因為有人要我來。」

「你是說，你是被人差遣來這裡的？」

「老天！你不會以為我會到這種鬼地方來尋歡樂的吧？」

「差遣你來的人，是你的客戶？」

「當然。」

我看看費律潑．繆林杜，他在抽菸。顯然他在想千里之外的事，但是我不能確定。照目前的情況，我還真不願冒任何不必要的險。

白莎的眼光也跟了我看過去。她鑒賞著繆林杜，認為他已經靈魂出竅了。

「你什麼時候見到的他？」

「我沒見到他。」

「你從什麼地方得來的差遣指令？」

「一封信。」

我在腦中思慮她說的話，我聽到汽車聲。有兩輛車。我走到礦場辦公室門口去向外望。馬拉里拉乘了他駕駛開的車在前面領路。後面跟來的是一輛用得很舊，早該報廢，嘎嘎會喘氣的老車子，比白莎早先坐過來的車還要舊得多。

第二輛車的駕駛穿的是皺皺的土黃色卡其制服。在他後面坐的是另一位穿制服的人，手裡拿著槍和備著刺刀。車裡還有兩個男人，我仔細看才發現他們是夏合利和霍勞普。他們看起來穿著狼狽，而且像是把最後一分錢也輸給了一匹倒楣的馬了。

馬拉里拉的司機走出汽車，把門打開。馬拉里拉邁向礦場辦公室，一副無動於衷的神情，好像對於另外一輛中，武裝的同行正在把兩個俘虜趕牛羊似的在趕下車，毫不在意。

「他奶奶的！」白莎出氣地在說：「這傢伙又是從什麼地方蹦出來的？」

馬拉里拉做了一個不在乎的動作。他只是把手腕擺一下，他的駕駛會意出把兩個階下囚停止在離開門口二十尺的地方。

馬拉里拉爬上兩級梯階，來到有點搖動的門廊。為了表示紳士風度，他一面遞一支香菸給白莎，一面他說：「我能坐下來嗎？」

白莎怒目向他看去，點點頭。

司機上來，我們全回到屋去。

馬拉里拉對我說：「你說你對礦的產業有興趣？」

我說是的。

那司機突然用純熟的英語，快速地說道：「我們的資料顯示你是一個私家偵探。你和這位柯白莎是合夥人。她乘早班機飛來這裡，立即租了輛車直奔這裡。」

我沒有開口，白莎也吭不了氣。她臉上有不能置信的驚奇。

「再說，」司機繼續道：「你——賴先生，你在離美前，你在飛機上，曾對翡翠發生過興趣。而我們，」他冷冷地加一句：「一直對你有興趣的事發生興趣。」

柯白莎看向我。她的表情十分明顯，她要和我劃清界線，他們在問的事，她要表示和她毫無關聯。

我決定用一點禮貌來緩和這件事。

我向他一鞠躬，我問道：「請教，你是……？」

「來蒙．裘拉多。」他說。

「你的職位——是——？」

「沒有職位。」

馬拉里拉解釋道。「他不屬於警方。他比他們職位高。」

裘拉多用他笨拙拙，一點也不露出智慧的眼光，看向我。他說：「我代表政府。任何有關翡翠的事都和我有關。」

「原來如此，我現在懂了。」

裘拉多轉向柯白莎。他問：「柯太太，你為什麼來這裡？」

「不關你事。」

他微笑道：「這倒是一件好事，恭賀你。」

「什麼倒是一件好事？」白莎問。

「假如你來這裡的原因，和我沒有關係的話。」裘拉多說。

白莎把嘴閉得緊緊的。

裘拉多道：「我們和其他幾個人談談，也許會有些結果。」

馬拉里拉用西班牙語向外面發命令。門外立即響起腳步聲，夏合利和霍勞普被帶進這小小辦公室。

「各位先生，請坐。」馬拉里拉說。

這次由馬拉里拉發言，裘拉多又退回幕後做他的司機。

「你們兩位中哪一位該負責柯太太的來到這裡？」馬拉里拉向柯白莎的方向，做一個手勢道。

夏合利看向霍勞普，看向我，又看向白莎。

「我一輩子從來也沒有見過她。」

霍勞普聳聳他的肩。

馬拉里拉蹙眉作不豫之色道：「別這樣，別這樣，紳士們，這樣會把事情複雜化的。我不得不告訴你們兩位目前的處境，是以多多合作為佳。」

霍勞普道：「我不知道你對這位先生有什麼，但是你沒有我什麼犯規的依據呀。」

夏合利看向我，把嘴唇用舌頭潤一下，明顯有求助之意。

馬拉里拉說：「你和這個人在一起，你是共犯。」

「豈有此理，我對這個卑吝有怪癖的老頭一點興趣也沒有。」霍勞普說：「這位賴先生，他可以告訴你。除了我要想從他身上弄點鈔票出來之外，我什麼也沒有興趣。」

「呀，沒錯。」馬拉里拉道，一面笑著。「這位賴先生無疑可以給我們所要的資料。賴先生可以擔保你，你可以擔保夏先生，夏先生當然可以轉過來擔保賴先生。」

「喔！你真纏不清，」霍勞普道：「你為什麼不早點成熟呢？」

夏合利開始用西班牙話說話，馬拉里拉一下把他打斷。他說：「請你用英語。」

夏合利道：「我不知道發生了什麼困難。但是有一件事，我可以告訴你們——我的行李中，假如你們發現什麼禁運品，那一定是栽贓，別人放進去的。」

馬拉里拉看著裘拉多，像是想從他穩定的眼光中找出一點指示來。他對我說：「對於這個礦，後來我們才知道有些古怪。我們也知道一些別的。翡翠市場有些不正常，市場上有哥倫比亞出來的寶石，但是沒經哥倫比亞政府正式出口的許可。」

他一定是看到了我臉上不明白的表情，所以他說：「在哥倫比亞，我們只准極少數的幾個人擁有未經切割的翡翠，非法持有是犯法的。切割寶石，一定要有政府許可證。我不能什麼都告訴你，但至少這一些是可以說的。在政府許可下的切割，有很多特點，我們內行一看就知道；相反的，走私品一上市，我們也是必定知道的。

「西牛夏，一次次，很多次來礦地。最近我們認為他最有疑問。昨天，我們留置了他，搜了他的行李，你要知道我們發現什麼嗎？」

夏合利用舌頭潤一潤嘴唇。他說：「我告訴過你們，對這些東西，我一無所知。」

馬拉里拉把他那大的鱷魚皮手提箱拿起來，把它打開來拿出一隻小羊皮口袋。他把皮袋解開。我看到白莎身子自椅中向前湊，嘴中倒吸一口冷氣，想看袋裡有什麼。

口袋一打開，皮口袋內層照出冷冷閃閃的深色綠光，催眠著每一個注視它的人。

「這不是我的，」夏合利道：「我從來也沒有見過這些東西，我對這些東西一無所知。」

「當然，」馬拉里拉抱歉地繼續說道：「我們對這一類事也沒有什麼經驗。已經有很久了。我們在調查這一個礦，我的密探在遠處山側發現一個豎坑和一個橫坑。自豎坑中拿出的山石，都經移走藏起來。在橫坑中的礦石，我們的地質學家對之非常有興趣。可能是連我們發現的一起算在裡面，這是國家蘊藏翡翠最多的一個礦。」

「這件事我不知道。」夏合利說，又加了一句：「那豎坑和橫坑都在這一個產業上嗎？」

「不但在這個產業上，而且已開採了三、四年了。」馬拉里拉說。

夏合利轉向礦場經理，只見那經理漠不關心無聊地在看我們。

「不准說西班牙話。」馬拉里拉警告道。

夏合利一籌莫展。

「要知道，」馬拉里拉繼續說：「我們的作業人員依指示秘密訪查。在美國，他們知道有一隻烏鴉對翡翠有興趣；一個男人被謀殺了；一隻墜飾，上面的翡翠被剝了下來；一位私家偵探，似乎對翡翠大有興趣，真是絕妙的配合。

「有一位西牛邱倍德。我們的探員對他特別有興趣。他的活動真是十分有意思。西牛賴似乎對邱倍德也有興趣。不知道你認不認得這位西牛邱，西牛夏？」

「不認識。」夏合利直接了當地說。

「真可惜，」馬拉里拉說：「他是個有腦筋的人。」他轉向警衛。「把他們帶走。」他用英語說。然後又加了一大堆西班牙語指示。

霍勞普不加思索地說：「等一下，我和這件事沒有關係。我來這裡，因為我認為整個這件信託的事，是個騙局。我偷偷來這裡，所以——」

「你的事我們以後再談。」馬拉里拉打斷他話說。他向警衛點點頭。警衛把犯人帶出現場。

馬拉里拉轉向我。「我要向你道歉，西牛賴。當然，也要向你道歉，西牛拉柯。不過，這位礦場經理不會說英語，而現在我們一定要查明一兩件事了，所以，我們只好說你們聽不懂的西班牙話了。」

白莎坐在那裡，像是木頭上長了朵肥菇，這件事好像完全與她無關。

我說：「沒有關係，你們請便。這件事反正現在我都弄明白了。」

馬拉里拉擠出一個微笑來。他轉向繆林杜，用西班牙話發出短而簡單的一句問題來。

費律潑．繆林杜聳聳肩，用仍拿著菸的手做一個姿態，搖搖他的頭。

馬拉里拉態度改變了。他快速不斷地用西語責備地發出一連串責問。

繆林杜的眼神現在像隻落入陷阱中的動物，但是，他的反應仍是搖搖頭。

馬拉里拉開始說話了，他一連串說了兩分鐘。不斷的壓力讓繆林杜失去了他泰然的信心，手中香菸不自主地落到地上。他把眼光垂下，過一下，該輪到他說話了，他把眼光抬起，含糊地咕嚕了幾個字。馬拉里拉不說話，只是看著他，他沒辦法，就一下講了五分鐘的話。他聲調開始尚還平靜，然後越說越快，最後手舞足蹈加強語氣。馬拉里拉問了一打的問題，繆林杜對每一個問題都立即回答。

馬拉里拉對我說：「你真是可惜，不懂我們的語言。事情現在很清楚了，繆林杜已經全部承認了。三年之前，一組勘探隊進入一個坑道，以為裡面有礦源。但他們發現了翡翠。

「繆林杜是唯一知道那裡面有翡翠的。那一位現在已經死了的西牛麥，在翡翠一發現時，立刻到了現場，而且封鎖現場，宣佈坑道放棄不用了。事實上，開採工作由繆林杜帶了一批可靠的工人在暗中進行。翡翠主要是送去給麥洛伯。有一兩次送去給夏合利。

「現在，柯賴二氏的西牛賴，假如你是受雇於夏合利的，你的地位就十分十分特別了。十分十分不利了。所以，你必須在這件事裡表白清楚你的立場。說實話和坦白，對你是有利的。」

白莎說道：「這個叫夏合利的，要想雇一個二十四小時的保鏢……」

「我看還是由我來講。」我說：「因為一切接觸，都是我自己經手的。」

白莎道：「一定要我們兩個人說的話，我們並不知道——」

我說：「白莎，對警察，我看我們應該不保留地把一切實話照說。」

她看起來恨不能把我生吞活剝，但她保持不說話。

我對馬拉里拉說：「這是一個很長的故事。問題是，該從什麼地方開始來說？」

「從開頭的地方開始。」馬拉里拉肯定地說：「自一開頭開始說起。」

我說：「夏合利來找我們，要知道為什麼一個特定的翡翠墜飾，會被放到一個一流的珠寶店去求售。他告訴我，墜飾是屬於羅秀蘭的，而她是從侯珊瑚那裡傳承而來的。

「我做了一些調查工作，發現墜飾是經由麥洛伯那裡出售的。我覺得這件事裡有它不明的地方。我向夏合利報告，夏提議我們去拜訪麥洛伯。我們到那裡的時候，麥洛伯已經死了。他是被謀殺的，顯然他是在講完一次電話，或仍在打電話時被謀殺死的。」

我看到馬拉里拉和裘拉多兩個人都很注意地在聽我說。裘拉多的眼睛毫無表情，眨都不眨一眼，但是我注意到他的頭，向前伸出了只是一點點。馬拉里拉的雙眼則正如向我衝來的汽車兩隻前燈。「說下去。」他說。

我說：「屍體被發現時，我和夏在一起，我是和他一起進入麥洛伯住家。之後，我們又一起去拜訪羅秀蘭。羅秀蘭告訴我們，她把那墜飾在相當久以前就交給麥洛伯的。

「我看過信託的內容。信託中約有二十萬元——也許會更多。兩位信託人如皆死亡，全部遺產歸兩位繼承人，平均分兩份，各人一份。如果他們都活著，他們可以以他們的喜好，自由決定要給兩人中任何一人多少錢，換言之，不必平均分配。」

馬拉里拉問：「那麼，你認為麥洛伯之死，不過是第一步，次一步就輪到西牛夏了？」

「我不知道。」我說：「我只知道夏合利自認他有極大危險，他要找一個保鏢。然後他做了一件特別怪的怪事，他要雇我做他的保鏢。」

「那有什麼怪？」

我說：「我不是做保鏢的料呀！」

「但顯然的，你有腦筋，西牛賴。」

「保鏢不只靠腦筋呀。」

「夏合利給你的代價好嗎？」

「他說他願出大價錢。」白莎咕噥地說：「他願意付平時三倍的代價。」

馬拉里拉用一個客氣，但是絕對的手勢，請白莎不要講話。「我的思路現在循了西牛賴的方向在走，」他說：「西牛拉，假如你能忍耐一下，等一下我會有話要問你的。」

我說：「據知，侯珊瑚死的時候，羅秀蘭仍是個小女孩——根本是個女嬰兒。依調查，侯女士全部財產皆歸信託。這包括全部現鈔，所有不動產及私人財物。在此條件下，假如那墜飾確是侯珊瑚的遺物，問題是羅秀蘭怎麼會得到手的，她又是什麼時候得到的？」

馬拉里拉現在有笑容了，「說下去，說下去。」他等不及地說。

我說：「夏合利很小心，在去麥家的時候，要讓我在他的身邊。在他走進那閣樓小辦公室的時候，他可能已經知道，也可能不知道，他會發現什麼。但是，他把我一定要帶在他身邊，一起去看羅秀蘭，是絕對正確的。而且他絕對知道，羅秀蘭會告訴我什麼。」

「說下去，」馬拉里拉說。

我說：「有關麥洛伯的死亡，有幾件事是十分特別的。子彈只發了一發。一支點二二口逕自動手槍留置在桌上。警方認為，兇手想造成一個假象，麥伯洛在受刺時，開了一槍，這樣就建立了一個自衛而殺他的說法。再不然，他一定是想誤導警方，使警方相信兇手也受傷了。經調查後，警方相信兇手是指向閣樓斜角窗下的一個空洞，希望子彈頭永遠不會被發現的。事實上子彈射掉了木框的一片——正好給警方知道了子彈的去向。」

馬拉里拉看看裘拉多，幾乎不可覺察地點點頭。

裘拉多連眼也不眨一下。

我對馬拉里拉說：「警方對麥洛伯的手做了一次石蠟試驗，手上根本沒有火藥痕跡。顯然他根本沒發射過那支槍。所以他們認為一定是兇手開的槍。另外的測試，發現這支槍在麥洛伯死亡前後確曾發過火。」

「老天！」馬拉里拉感歎地說：「多妙，各種技術人員都有，化學分析的，彈道的，法醫的。西牛賴，你繼續說——不要停。」

我說：「麥洛伯屍體被發現時，墜飾上的翡翠已經取下來了。墜飾就在旁邊，翡翠取下了。警察在桌上發現兩塊，在烏鴉窩中發現六塊。那是八塊，另外五塊翡翠在洗手池漏水管的『U』型管中找到的。」

馬拉里拉向我伸出手來，嘴裡在說：「謝謝你，和你合作真是愉快。」一面看得出他在深思。

我說：「夏合利要我替他做的事太簡單了。我認為自一開始，這件事就有人在設計。假如墜飾是屬於羅秀蘭的，夏合利一發現墜飾要出售了，他應該直接去見羅秀蘭。假如羅秀蘭有困難，急需錢用，她就應該去找夏合利。假如她要賣掉這翡翠墜飾，因為她對這翡翠墜飾已經不感興趣了，那麼她也不必一定要去找麥洛伯，她也該去找夏合利。整個事件就是湊不到一起去。」

馬拉里拉溫和地說：「我們有些原因，要調查一位邱倍德。我們的密探自他那裡，對羅秀蘭發生了興趣。他們回報你發現了他們，也甩掉了他們。於是他們回頭來追蹤邱倍德，又和你狹路相逢。這一點你有解釋嗎？」

我說：「邱倍德找上我。他告訴我一個叫本婉律的曾擁有過這個墜飾。我去找本婉律小姐。她曾有過一個相似的墜飾，但是上面鑲的是石榴石和紅寶石。起初我認為是花招。」

「花招？」裘拉多插嘴問道。

「故意造出來騙騙人的。」馬拉里拉解釋道。

「喔！」裘拉多說。

馬拉里拉對我說：「請你說下去。」

「但是，等我真見到了邱倍德，我改變意見了。我發現邱倍德不斷在收購古董飾物，尤其是鑲了便宜寶石的。他把這些交給麥洛伯。麥洛伯把上面的便宜寶石取下，代之以翡翠。然後再把飾物拿出去到處賣，可能是世界性的。用這種方式，可能是最好不驚動翡翠市場的銷售翡翠方法。」

「喔。」馬拉里拉說，一面搓著他的雙手。

裘拉多聲調平板地說：「西牛賴假如在我們發現那麼多之前，先對我們說明，會使我們更相信他。」

「當然，當然，」馬拉里拉快快地說：「但是我相信西牛賴一定有更多的解釋，使我們相信他。」

我說：「為了證明我對你們的坦白，我願意告訴你們一些沒有人知道的事實。」

「這當然更好。」馬拉里拉道。

我說：「那隻住在麥家的寵物烏鴉，另外還有一個窩。在那窩裡我發現另外有五顆翡翠。」

馬拉里拉蹙眉看向裘拉多。裘拉多臉色毫無表情，像塊木頭。

馬拉里拉問我道：「也許你有解釋，西牛賴？」

我說：「我只有一個推理，沒有解釋。」

「我們洗耳恭聽。」

白莎生氣道：「唐諾，你對這些人把腸子都吐出來，有什麼用處呢？」

馬拉里拉不客氣道：「他在自救，西牛拉。說說你看——你不是應夏合利請求而來這裡的嗎？你現在在哥倫比亞，西牛拉。這裡法律有規定，翡翠是公賣，專賣的。」

白莎聽懂了，她雖然臉色變紅了，但是她嘴巴閉上了。

我說：「奇怪的是，在翡翠裝上這墜飾，這墜飾已經上市去賣之後，翡翠為什麼又拿了下來呢？」

「這的確也使我費過心，百思不解的。」馬拉里拉承認道。

我說：「假如有人有一批翡翠存貨，存貨中短少了五顆翡翠。也許他知道，什麼人取走了翡翠，但是他不知道這人會把翡翠怎樣處理。但他知道，這些翡翠一出現，就會追蹤到他這裡。於是他面對了保管一批不合法得來的翡翠，但是他失去五顆了的困難問題。

「在此情況下，最好不過的辦法是自墜飾上取下十三顆翡翠，放回五顆去，因為通常情況下，沒有人會發現這一點的。當然，這個人不會想到自己會被謀殺，更不會想到警方對刑案現場的漏水管，都是例行公事要拆下查看的。」

「有意思。」馬拉里拉道：「有什麼事實能證明這個理論嗎？」

我點點頭：「那石蠟試驗證實，麥洛伯手上沒有火藥顆粒存埋於皮膚之中。警方的理論於是認為手槍是兇手開的。但是，其中有一件重要的事，警方忽視了——那一雙就在手槍邊上放著的薄皮輕便手套。」

馬拉里拉道：「人會帶了手套去開槍嗎？」

我說：「人本來是帶著手套在做一件事的，情況發生到很危急，他來不及拿下手套，這時只好帶了手套去開槍。我們只要去想，他為什麼戴著手套，再去想是什麼樣的情況轉變，使他覺得是危急了，就可以了。」

自從我見到裘拉多，我第一次看到他有情緒上的改變，他突然把他雙手拍在一起。「阿米哥（西語朋友），」他說：「有了。」

馬拉里拉對他用西班牙話說了些什麼。裘拉多點點頭。兩個男人站起來，走出門去。

「失陪一下。」馬拉里拉回過頭來對我們說。

他們離開我們，讓我們在熱得要命的房間裡，和怕得要命的礦場經理，面對地坐著。

第十八章 合理的推理

腳步聲自門口遠去。白莎看著我，正想說什麼，然後改變主意。

我們在熱死人的房內坐著，大家不吭氣。唯一的聲音只有嗡嗡飛的大頭蒼蠅。

突然，費律潑．繆林杜用西班牙語開始說話。慢，而每個字很清楚。當他看出我們不懂他意思時，他會把這句話連說幾次，他滿臉祈求我們要懂他的意思。

我問白莎道：「你的西班牙話辭典呢？」

「老天！那不是辭典，那是字句的書，對我們毫無用處。繡花枕頭……」

我把字句的書拿起來。在書後是英西，西英字彙對照。我把西班牙字翻成英文字那部份打開，笑著拿向繆林杜。

他尚未能明白。

我把他手指扶到，指向不同的字彙。先是西話，再是英語。

他還不能開竅。

我又試另一個角度。我翻動書頁到「翻譯」一字，我發現西班牙文和英文竟幾乎完全相同拼法。我捉住他手指，先指向西班牙字，又再指向英文字。

他蹙眉於書頁，看了一下，搖搖頭，用西語說了些話。

我繼續努力來試。

我照西班牙字旁的英文音標念道：「音太撥拉單。」

他懂了。他扭出了不少表情，但是，這些都不是正面，而都是負面的，反對的，抗議的，無可奈何的。最後他大搖其頭說：「不，不，馬得拉，沙退秀斯。不！」

「你們兩個在瞎搞什麼鬼？」白莎問。

「我們不是在瞎搞，」我說：「我在想辦法互相溝通，你見到了什麼結果。」

「你拿那本辭典幹什麼？」

「我認為互相選出字來可以溝通，顯然他又不能讀，也不會寫，是個文盲。」

「那就只好講了。光用講你有什麼辦法溝通呢？」

我用手指指著逐句逐句看，終於發現一句有用的，那是：「請你慢慢講，我西話不好。」

我照標著的音讀成西語。

繆林杜點點頭。

他開始說話，我開始用發音的符號把他說的逐字記下。等他說完，我手上有了兩張別人看不懂，發音符號加上奇怪拼法的紀錄。不過我知道，下點功夫和一個懂得西班牙話的人互相研究，我一定可以知道繆林杜到底要我們知道什麼的大概了。我甚至有些認為只要有一本好的西班牙辭典，我一個人花點時間，也可研究出他大意了。

我把兩張紙摺好，放進口袋。

繆林杜把手豎在唇前，以示不要出聲。

我點頭以示明白。

他伸出他右手。「比索，」他說：「迪尼羅。」

我自白莎辭典中找「付款」項下，終於找到了合宜的辭句。我逐字逐字地念，起先他不明白，終於他明白了。他滿意地點點頭。

「你在對他說什麼？」白莎問。

「我在告訴他，假如他能保持他對我們的諾言，付款完全會因為他提供我們資料價值而付給。」

「老天爺！」白莎老脾氣發作，簡單直入地說：「你是不是又要到東到西亂撒鈔票。他會對我們有什麼好處？」

「我還不知道。」

「那你最好先弄清楚。」白莎道：「把他說的給我看看。」

我把紙遞給她看。「你去看吧。」我說：「你看完了告訴我這值多少，我來給他開價。」

她的眼睛冒火地向我一翻。但是她還是拿起紙來看。她一面看，一面在試著念。

馬拉里拉極輕地走進來，我和白莎都沒有聽到他回來。繆林杜用西班牙話說出一句緊急的字句，我們都不會誤解他的意思，使我們大家抬起頭來。

馬拉里拉和裘拉多站在門口。

白莎隨意地把兩張紙一摺，想放回皮包去，但改變了原意，放下來放在腰上。

馬拉里拉說：「我想我們事情辦得很順利。桌上的手套，多出來的五顆翡翠——嘿，現在我們有了個完整的案子，也有了解釋。」

「霍勞普如何？」我問。

「據我們推想，」馬拉里拉很小心地說：「霍勞普弄清楚了這個礦實際出產的東西，要比他們報向信託基金的少得多多。他認為羅秀蘭另外有她經濟的來源，他想到她的錢是來自這個礦的。他告訴我們，他的本意是想捉住這兩位信託人在執行上出了不誠實的證據。然後，他可以去法庭，以合法的手續告他們，廢止他們的信託權。當然遺囑的信託也可以因而中止。

「在巴拿馬，他有一位飛行員朋友。他拒絕告訴我那飛行員的名字。這一點使我們不很高興。無論如何，他是非法入境的。他當然可以說違犯不少我們國家的法律——但是，他所說的——」

「可能都是真的，是嗎？」我問。

「可以這樣說。」馬拉里拉說。

裘拉多那雙看不出智慧的眼睛，配上了一面故做遲鈍的表情，他說：「依照西牛賴的推理去查明事實，還蠻靈光的。」

馬拉里拉抬起眉毛。

「因為，」裘拉多繼續說：「他的理論消除了霍勞普殺死西牛麥的動機。否則這動機一項，就足夠把這件案子錯誤地搞定了。」

我說：「一個人要是依了一個合理的推理在走，就應該一直沿線走下去，不論走到什麼地方都鍥而不捨。」

「正是如此。」裘拉多單調地說：「不知你現在可準備好了，要和我們一起回到美塞顏？這裡的事，當地的人會處理的了。」

「霍勞普如何？」我問。

「過一下我們準備釋放他，我們不準備控訴他。」

「夏合利呢？」

馬拉里拉微笑道：「夏先生嘛，至少這幾天我們不會讓他回美塞顏了。」

「我呢？」白莎問。

馬拉里拉客氣地一鞠躬。「我親愛的柯太太，你一直是自由的，愛什麼時候離開都可以。假如，你認為你來這裡所用的交通工具不太舒服，或是價格不合適，我們的公務車十分願意把你一起也帶回你來的地方。」

白莎的嘴唇合成一條線，「我已經付了他來回程的車資。」她說：「他奶奶的，我就要他送我回去。」

第十九章　案子的關鍵之一

晚上既不太熱，也不太涼。溫和芳香的空氣隨微風撫摸在人的皮膚上，感覺十分美好。我感到像是浸在微溫的浴缸中一樣受用。

安迪斯山上掛著一輪明月，照亮了美塞顏市街道，照明了美國仍年輕時，這裡已有了很久的建築物。

我們坐在俱樂部品嚐著當地的飲料。

本蒙．裘拉多已經不再有什麼偽裝，他現在穿了結實的人造絲緊身服，外型仍是表情少，木木的，我怎麼看，他總是拙拙的。

聯合俱樂部是這裡很主要的建築物，有寬敞的房間和大的庭園。在美國，我總認為俱樂部是很勢利的玩意兒，但在這裡，俱樂部只是會員們大家的另一個家。整個地方有一種人情味的氣氛。

我們坐在游泳池旁。平靜的池水，反射明月的光亮，使星星的光變得十分暗淡。

午夜已過，仍不見白莎的芳蹤。我在旅社裡有留言，叫她一回來立即和我聯絡的。

「再來一杯？」馬拉里拉問。

「好，再一杯就夠了。」我說。

馬拉里拉向一位僕役招手。

當僕役過來時，俱樂部辦公室一位負責的人也跟了過來。他看著馬拉里拉道：「對不起，」然後以西班牙話向他說什麼事。

說完了話，馬拉里拉立即起立告退，走出去。

僕役取酒過來時他還沒有回來。

「這裡還滿意吧？」裘拉多問。

「非常舒服，」我說：「我現在相信住在南美，真是天堂。」

「是有好處。」他承認道。

「你好像很會享受生活。」

「人生幾何呀。」

我說：「我喜歡這裡辦事的方法。我喜歡你們喝酒的方式，像今晚吧，我們不喝急酒，也沒有人喝多。」

「我們辦事喜歡慢慢來。」裘拉多道。

「但是很確實。」我說。

「儘量而已。不過，由於這次的事時間短促，你如果不在意，我倒仍有一兩個問題想問問。不是故意破壞這樣平靜的月夜，有其不得已的地方。」

「沒問題，請便。」我鼓勵他道。

裘拉多說：「照你的推理，麥洛伯自街上回家時，他是帶了手套的。他看到了什麼，使他匆匆地使用武器。」

「也許，」我說：「不是像你所說那麼匆匆，也許他先試用過別的東西。手槍只是最後一招。」

裘拉多說：「不錯，非常的合理。我相信你下功夫做了不少研究工作的。」

「還能怎麼樣？」我說：「可資利用的資料少得可憐。」

「有意思。」裘拉多同意。

我自懷中拿出一本記事小冊來。「自然博物館中，」我說：「有一本《全美鳥類》的第二冊，記著說，一般養馴了的烏鴉，都有偷竊小東西的習慣，這種習性，在人類叫做『偷竊狂』，牠們特別喜歡『偷竊』、『暗藏』任何一種大小顆粒狀東西，尤其是會反射光線的，例如紅藍絨線球、玻璃片、頂針、甚至小剪刀。」

裘拉多點點頭，他說：「好玩。」

「國家地理雜誌社也出了一套《鳥》。」我說：「也是在第二冊，說到馴鴉喜歡收集、暗藏發亮的事物，尤其是發亮的玻璃彈球一類的東西。牠們喜歡把這一類東西帶回窩去，有時甚或喜歡埋入花園或院子的土裡去。而且既經處理了，就像忘記了一樣。」

一位男童走向我，以西班牙話向我說話。西牛衷拉多向他接話，我聽得懂他的意思，似乎有人打電話給我。

來電話的是白莎，她生氣生到有些口吃。「我走進盤絲洞去了。」她說：「混帳東西的，我——」

「慢慢來，別慌。」我說：「慢慢告訴我，發生什麼事了。」

「這些混帳警察的，他們老著臉皮想要拘捕我。我告訴他們，馬拉里拉清清楚楚告訴我，我像空氣一樣自由，我什麼時候想離開都可以。這些混蛋的當地警察要不是不明白，就是假裝糊塗。」

我說：「沒問題，白莎，你現在不是沒問題了嗎？你好好用熱水洗個澡。我等一下就回來，請你喝一杯，另外——」

「閉上你鳥嘴！」白莎自電話彼端大叫一聲，差點使我拿在手上的話筒脫手，她說：「他們搜了我身上。」

「你是指那些當地警官？」

「喔，他們有一個肥得邋遢的女牢婆來做這件工作。」白莎道：「但是王八蛋的，他們把那兩張紙拿去了。」

「你是說……」

「是的！」白莎大叫道。

我花了點時間想了一想。

「怎麼樣？」白莎不耐地叫道：「告訴我呀！」

「我在想呀。」

「老天，想有屁用。你就只會想，快出主意呀。拿出對策來呀！」

「什麼對策？」

「我怎麼會知道？」白莎喊道：「我要你來幹什麼的，做孔夫子呀？」

我說：「你等在那裡，等我回來。他們沒有把紙還給你吧？」

「還個屁。怎麼會還。」

「他們在那邊有沒有翻譯——有人會說英文嗎？」

「有一個警官能說英文，夠用就是，我懂他們要什麼。但是不論我要什麼，他都說不。」

我說：「可能他對你那種特別的英語，不太習慣。」

白莎覺得我說的話沒有什麼幽默感。她慎重地說：「那又如何？外國人想學標準英文，自然該從罵人的口頭禪學起。我還沒有先說複雜的罵人口頭禪呢，我只告訴這狗娘——」

「好了，好了，別提了。」我打斷她說：「我現在完全懂了，我也知道該怎麼辦了。你等在那裡，我會馬上回來。」

我把電話掛上，回到桌子來。馬拉里拉也已經回來了，他把椅子拉近到袠拉多邊上，兩個人在低聲細談。

我走近他們時，他們微笑著抬頭看我。

我說：「兩位先生，我有一件事請求。也許不平常一點，但是十分重要。」

「什麼事？」馬拉里拉問。

我說：「我希望你們能傳話給最接近那礦場的城市中你們的人。我要他們派衛兵保護那礦場經理費律潑．繆林杜。」

「保護他？」袠拉多問。

「是的，我希望確保他的安全。」

兩位先生互相交換眼神。

袠拉多問：「你認為他會有危險？」

我說：「我突然發現，可能有些事被我一時疏忽了。有一個可能性，我們一定要想到。有可能繆林杜知道這件謀殺案的原因，所以他是這件案子的關鍵之一。」

兩個人又互相交換眼神，這次仍由袠拉多發言。

「恐怕，」他說：「你提出請求已經太遲了，西牛賴。」

「什麼意思？」

「那剛才把洛達夫．馬拉里拉先生叫出去的電話，正是和費律潑，繆林杜有關的。」

我恨不得把我自己重重踢上一腳，我不該自己把自己套上去的。我應該先忍耐一下，不說話，先聽聽馬拉里拉會告訴我什麼消息。當然，我絕對不可能預知，剛才馬拉里拉匆匆離開為的是繆林杜。但是我笨死了，至少我該想到有這個可能。現在一切太晚了。

「發生什麼事了？」我故作鎮靜地問。

「今天下午五時左右，」馬拉里拉說：「為了便於看管，放在礦場經理住的宿舍旁一個火藥庫房，意外地發生了爆炸。」

「繆林杜怎麼樣？」

馬拉里拉聳聳肩。「他死了。」他說：「炸成一小塊一小塊，他死了。」

第二十章　礦場經理

我們坐在一起，靜靜地過了一段時間，慢慢地啜喝著有酒的飲料，終於我把我的飲料先飲完了，把杯子向桌子中間一推，我說：「各位，今晚真有意思，我非常高興……」

「不要站起來。」袭拉多單刀直入地說。

馬拉里拉抱歉地微笑道：「別這樣，別這樣，西牛賴，你一定得承認，你這樣做，就太低估了我們。」

我說：「我不懂你們在說什麼呀。」

「畢竟，」馬拉里拉說：「這次礦場裡的意外，對有些人來說——可以說是恰逢其時。」

「怎麼樣？」我問。

「由於你正好提起，我們絕對不能在你給我們合適的答案之前，隨便讓你離開呀。」

我說：「容我來想一想，我要先和我夥伴談一談。」

「我們怕，在再見你之前，」袭拉多平淡地說，一如在討論至什麼地方去野餐，

「你會發生什麼意外。」

我知道他們不會讓我走。我坐下來，把所有的事全部告訴了他們。

「你該早一點先告訴我們的。」我說完，馬拉里拉對我說。

「但是他太驚慌了，急著想要一個通譯，而既懂西語又懂英語的只有你們兩位先生，我想——」我大笑道：「這一切都因我笨頭笨腦。」

「少來了。」馬拉里拉說。

「反正。」他又補上一句道：「對我們而言，我們可給了你那麼許多職業上的客氣。真難相信你會給我們『湮滅證物』這一套。」

「等一下，」我說：「這算是什麼證據嘛。一些也沒有你會有興趣的東西在內。」

「你怎麼知道？」

「我想像中一直認為如此的。」

馬拉里拉搖搖頭，把椅子向後推。「好吧，我總會全力幫你忙，但這種事不一定會很簡單的。你的合夥人應該請求他們把那兩張紙交還給她，再不然，她應該堅持這兩張紙一定要交給有信用合適的人保管，而且要取得一張收據。」

我說：「我的合夥人你是見過的。你一想就想得到，她不會平靜地坐在那裡讓她自己被別人推來推去。她當然會堅持自己權益，堅持到讓全世界的人都知道。但是，那些官員不懂英語。尤其是她有什麼要求時，更不懂了。他們只會說，他們要她幹的事。」

馬拉里拉道：「一個人要到西班牙語系國家旅行，最好能說幾句西班牙話。再不然就該參加團體，團體裡有人會說西班牙話。」

「我現在懂了。」我說：「但是我有一個概念，假如我有一個翻譯在，繆林杜就再也不會告訴我，他要告訴我的事了。」

「而你一點概念也沒有，他說了些什麼？」

「沒有。」

「你還記不記得其中有些什麼字？」

「我只記得馬得拉……什麼的。」

馬拉里拉道：「那是西班牙話母親。還記得什麼嗎？」

我搖搖頭。

「等一下。」我說：「另外還有一個字，克哩——呀。」

「克哩——呀？」

「是的，我相信重音在第一節，我記得我記下來的。」

「克哩雅。」裘拉多說：「這是動物的一種配種。」

「當然。」我說：「我是依照聲音記下來的。我不能確定寫得對。我記得當時記下的是克哩——呀。」

裘拉多和馬拉里拉互相交換眼神。突然，馬拉里拉的臉亮出亮光。「等一下，」他說：「在克哩——呀前面有沒有另外一個字？會不會是阿媽——地——克哩呀？」

「沒錯，」我說：「我現在給你一說，記起來了。是阿媽——地——克哩呀。」

裘拉多皺起眉頭，猛力地想。

我自馬拉里拉看向他。

馬拉里拉說出他的想法。

「阿媽——地——克哩呀，是護士的意思。」

「離開翡翠的主題太遠了。」裘拉多自己對自己說。

我說：「各位先生，你們當然一定要調查繆林杜這次意外事件。在調查過程中，你們應該詳細調查他的關係人物。」

「為什麼？」馬拉里拉問。

我說：「奇怪的是一個人能占礦場經理的要位，而既不能念，也不會寫。這個繆林杜連西英字典上的單字也念不出來。這礦場經理絕對和非法活動有關聯的。他一定是那個把翡翠採出來，交給麥洛伯的。所以，礦一定是他首先發現的。」

「你為什麼這樣說？」馬拉里拉問。

我笑笑：「因為只有第一個發現的人不會自動求去，而且也當然不會被解雇。我一開始就奇怪，兩個信託人，都會同意雇用這樣一個人當經理，要負那麼大的職責，尤其是兩個人不在礦場時間多，在這裡時間少。要不是這個關係，什麼人都一定要雇一個能記能看得懂文字的人來做經理的。」

馬拉里拉說：「你的推理相當有道理。在我看來，還有更奇怪的——」

突然，來蒙．裘拉多把兩個手指一扭爆出清脆的一聲。顯然他是有了極大的發現。

馬拉里拉只是看著裘拉多。只一下下，裘猶豫地停下。然後他立即仍舊用剛才的語調，繼續下去說：「你的合作，我們是十分十分感激的。你隨時要離開，都可以離開，西牛賴。假如你說好要去見你的合夥人，我們也真不願意再耽擱你的時間。」

他們兩個同時站起來，很官式，很客氣地和我握手。

我離開他們，回旅社。

在溫暖的夜晚，一個人在街上走，我發現我願意付隨便多少錢，想知道裘拉多為什麼會爆響他的手指。

第廿一章　烏鴉不識數

柯白莎才離開她的浴缸。像貴妃出浴，她穿了一件輕便浴袍，拖了拖鞋。手中捧杯雙料威士忌加蘇打，她的情緒已轉好多了。

她問我：「你看這兩張紙現在怎麼樣了？」

我說：「你認為費律潑．繆林杜現在怎麼樣了？」

「被捕了嗎？」她問。

我說：「他的後院有一噸的炸葯炸開了。這當然——是意外。但繆林杜則變成粉碎，蒙主召歸了。除非找回那兩張紙，否則全世界不會有人知道他想給我們說什麼了。」

白莎說：「反正，我會去找領事館。他們怎麼能對美國公民如此無禮呢——」

我說：「你不可以去通知領事館。我們什麼人也不通知。」

「為什麼不？」

「因為，」我說：「這些人都不像你想像的那麼簡單。這裡面有很多派系和系統微妙的明爭暗鬥，尤其是一旦事情和翡翠有關時。」

「喔！我不知道呀！」白莎揶揄地說：「我只是來旅遊的。當然，你比我住得久，看得出裡面的門道。」

我說：「省了吧，對我來這一套有什麼用？」

白莎臉紅了。「是你在告訴我應該做什麼，又不該做什麼呀！」

我說：「事實上，你現在是居於一個危險的地位。很顯明的，你是受雇於夏合利來這裡的。」

「是又怎麼樣？」

我說：「弄得不好，當局可以說你是共犯。」

她怒向我道：「我沒有辦法使他們認同——他們那種混蛋動不動就抓人的方法。真可惡，在這種國家，你用真誠真心告訴他們任何事，像是對牛彈琴，他們不懂你在說什麼。」

我說：「問題在此。麥洛伯是被謀殺的，我們對這件事的動機尚不太清楚。我們只知道夏合利、麥洛伯和羅秀蘭，在這件偷運翡翠出哥倫比亞的事件中都有份。翡翠是走私出去到美國再出售的。你要能用這種方法走私，你還真能賺錢。」

「我們政府會怎樣做——關於走私這件事。」

我說：「可能會有很多處置。當然，要證明夏合利和此有關，尚還有些困難。雖然哥倫比亞政府現場捉住夏合利帶著這些未經切割的翡翠，而這些礦石是本地產品，但夏合利到底尚未走私進美國國境。」

「但是，對那些以前已經走私進去的呢？」

我說：「來回最多的是麥洛伯。跑腿是他的工作。」

「羅秀蘭呢？」白莎問。

「要證明她有什麼，更是難上加難了。她甚至根本可能沒有參加在裡面。她說的傳家之寶，很可能是夏合利教她的說法。她甚至不清楚為什麼要如此說。」

「但是，她額外得到的錢，又是怎麼回事？」

「這一點毫無疑問，政府是會深入調查的。但是多半是會由稅政單位出面調查。」

「我們應該怎麼辦？」

「一開始，我說了我們應該怎麼辦，現在仍應該怎麼辦——離開夏合利遠遠的。」

「你怎麼知道他靠不住，在騙人？」

「我不知道，但是我有一個感覺，夏合利在來看我們之前，有關墜飾的事，他是全知道的。」

「奶奶的，你的腦子真管用。」白莎咕嚕地承認道。

我說：「麥洛伯已經死了。有好幾個人，因為他的死亡，可以得到好處。曾經有人想毒死葛多娜——珍妮代罪服下了有毒的糖果。下毒案的線索直接指向霍勞普。現在費律潑·繆林杜又被謀殺了。當繆林杜被謀殺時，和麥洛伯案有關的人中，有兩個人在哥倫比亞——那就是霍勞普和夏合利。假如這兩件謀殺案是相關的，要查的對象不是縮小了範圍了嗎？不過，事實上是不是這樣，誰也不知道。」

白莎說：「夏合利和霍勞普都是被捉的人，他們怎麼能再去殺人呢？」

「你認為火藥的爆炸是意外嗎？」

「不是，」白莎道：「不會那麼巧合。」

「我來之前，」我說：「我幾乎可以確定這雙首礦場裡一定是在出翡翠。我來的目的是要找一點證據，以便對夏合利下壓力。不幸的是哥倫比亞政府也在循這條線追查。但是，在我腦中另外有一件事——正在長大，發展。」

白莎的眼睛發出亮光。

「這樣才對，唐諾！公司能賺點外快嗎？」

「公司，」我說：「也許可以好好賺一筆。」

「進行呀！」白莎說：「和麥洛伯謀殺案有關嗎？」

「當然，這件事是我們做任何事的出發點。」

白莎說：「我不承認自己笨，但是我猜不透那手套，那點二二手槍開的那一槍，到底怎麼回事？」

我說：「麥洛伯開了一槍，但是沒打中要打的。」

「怎麼知道沒打中？」

我說：「一定是沒打中才會如此。」

「你說他瞄準屋上那個洞，沒打中，打中了邊上木框？」

我說：「他不是瞄準那個洞，白莎。我在和馬拉里拉、裘拉多談的時候，你沒聽懂嗎？」

白莎立即怒氣上升。「我怎麼能聽得懂！」她說：「你們含含糊糊，完全不知所云。到底你們說些什麼？」

我說：「麥洛伯發射這一槍時，他的手套戴在手上。」

「向殺他的人發射？」

「不是，白莎。他不是向兇手發射，他向烏鴉發射。」

「烏鴉？」白莎道：「老天，你瘋啦？那烏鴉是他的寵物。他為什麼向烏鴉開槍？」

「因為，」我說，「烏鴉不識數。」

越說白莎越糊塗，她生氣得火冒三丈。她……

電話鈴響起。白莎一把撈起電話聽筒，她說：「哈囉，」然後向電話大喊道：「說英文！是混帳什麼——喔！」她被迫緩和下來，她聽了一陣，然後說。「謝謝你，我來告訴他。」她把電話掛上。

所有的怒氣，全部一下消失。

「什麼人來電？」

「洛達夫．馬拉里拉。」她說：「他打電話來告訴我們，霍勞普和夏合利在我們今天下午離開不久後，越獄逃亡了。從初步調查看來，他們的脫逃方法是賄賂。女牢婆堅持說自我身上搜到的兩張紙，是放在一個信封裡，放在警察隊隊長桌子上的。夏合利和霍勞普那個時候在牢裡。他們不久後逃掉，兩張紙也不見了。」

我說：「很多事，現在都說得上來了。」

「還有，」白莎說：「馬拉里拉要我告訴你，希望你同意，他會在我們兩個人的房前各放兩崗衛兵。他說要我們自己一切行動特別小心。」

「他真好。」我說。

「豈有此理！」她又生氣了：「你就是這個樣子。你喜歡東戳戳，西戳戳，最後變成兩面不是人，把我們自己放到危險的位置上去。」

我說：「白莎，一分鐘之前，你好像不是這樣想法的呀！」

「又怎麼樣？」白莎道：「一分鐘之前我只想到錢，我現在想到命了。沒有命，有錢有屁用！」

第廿二章 官方的壓力

第二天，才進完早餐，洛達夫．馬拉里拉來拜訪我。他很溫和，但是很堅決。真不幸，讓夏合利和霍勞普逃掉了，脫逃的詳情不為人知，負責看管的人說話顛三倒四。顯然一切出於他們的疏忽，甚而有其他更不好的內情。

馬拉里拉接受已成的事實。他說不少低層執法人員薪給太低，所以，他說這些人會弄些外快。尤其是賄金特別大時他們什麼都肯幹。他說，這也是人之常情，即使在美國，公務人員薪水不是很好嗎？而受賄的事還是常有所聞的。在禁賭的州，也許……不是嗎？

「這姓夏的和姓勞的，兩個人合作一起溜掉的嗎？」我問。

「我們不知道，」馬拉里拉說：「兩個人都不見了。但這是一定的。一個人開了路，另外一個會像傻瓜一樣留在裡面嗎？即使他要留，可能衛兵也不會讓他留。」

我說：「反正他們脫逃了，如此而已。」

「正是，」他說：「不過當然，在這情況下，我們耽心的變成是你的安全程度了。這也是我們的責任。」

我點點頭，靜等他來說來訪的理由。

「是一種我們不願負擔太久的責任。」他說。

我不吭氣。

「你在這裡的工作已經結束了。」馬拉里拉指出道：「我認為你的合夥人——很有意思的西牛拉柯，一定急著想回到她在美國的辦公室去。反正，她在這裡工作的原因反而會使她難為情，再說自任何角度看來，工作也結束了。」

「我們什麼時候離境？」我問。

「我有兩個朋友，正好準備今天下午乘飛機離開。聽到我向他們解釋了你們的困境後，十分同情。他們決心放棄機票，要把機票讓給你們來用。」

我說：「還有一兩個小地方，我想再在這裡調查一下。」

「假如像你們這種知名的美國旅客，在我們這裡發生什麼不愉快的事的話，我們國家就窘了。」

我說：「在我對費律潑．繆林杜的背景沒有完全弄清楚之前，我實在不願意離開這個地方。」

馬拉里拉用手勢不同意我的想法。「抱歉，西牛賴。千萬別那樣想，我們單位所得的資料都可以提供給你們。我們對他的背景已經很清楚了。」

「他的背景如何？」

「他實際上是生而應有這個職位的。他在這礦裡長大的。」

「又如何？」

「他母親在他九歲時帶來礦裡，繆林杜那時就開始在礦裡工作。漸漸的，其他礦工來來去去，但是他母親在礦裡工作，所以他也不離開。他長大成人，工作也漸加重。所以升成經理也是自然之事。當然現在他管的人也已經都是新人，老人都走了，或過世了。新來的人絕沒有像他一樣，在礦裡土生土長那麼熟悉。他繼續替礦場工作，賺下的錢都存在銀行裡，省吃省用，完全不似他這種教育程度的人能做出來的。他剩了不少錢。」

「我真抱歉，西牛賴。你可以懷疑這繆林杜有什麼背景上的問題。但是，幹我們這一行，我們必須十分小心於證據，我們不會一下做任何結論，對嗎？」

「對。」我說。

他大笑，站起來。「那麼，今天下午，兩點鐘。」

我說：「我不知道柯白莎會怎麼樣。」

「她的事，」馬拉里拉輕鬆地說：「我就可以不必管了。我既然已經把一切與你說明白了，就該由你去向她解釋了。現在我自己單位尚有重要工作去做，由於來蒙．裘拉多尚坐鎮著要把本案快速結束，時間實在寶貴得要命。我們會去機場送行的，阿米哥（西班牙語：朋友）。一定要上機喔。」

馬拉里拉和我握手。他離開，讓我一個人去和白莎解釋。

白莎道：「他們要趕我們走？」

「我們是受到了官方的壓力，所以不得不離開這裡。」

「混帳！」白莎生氣地道：「你和這裡其他人一樣無聊了。再把你留在這裡兩個禮拜，我要和你講話要請翻譯才能知道你真正的意思了。我們走就是了！」

我小心地說：「我是用我自己鈔票下來的。我不願意玩，玩兩晚就可以走了。你，你是受雇於夏合利下來的，我想你一定先收了一筆不少的錢，才肯下來。」

從白莎臉上表情，我一說這些話就知道了，這一次她失手了，而且現在還在後悔，悔得恨不能自己踢自己屁股。

「夏先生叫我不必省吃儉用。」白莎自尊地說。

「真的呀，他怎樣對你說？」

白莎說：「他是寫信給我的，他說他涉及一件重要機密任務。他說在二十四小時內我不可能找得到他。他要我去機場向航空公司取一張已經用我名字定好的機票，自己來雙苜礦場。在雙苜礦場，他會另外給我指示。如果他不在雙苜，他要我立即去美國領事館，請求全面調查。」

「就那麼短時間通知的簡單指示，」我問：「你就千里迢迢來到哥倫比亞，還帶來那麼多亂糟糟的騷動？」

「很多問題，老早就談過了。」白莎自尊地說。

「你認為夏合利想要什麼？」我問。

白莎說：「現在想來，他最重要的一點要我辦的，是當他不明不白失蹤後，希望有人會調查。萬一他沒有失蹤，他可能要我調查霍勞普來這裡幹什麼。」

「夏合利信裡附了支票？」我問。

「我有他承諾，他一定會付錢的。」白莎生氣地說。

我大笑。

白莎火大道：「你替我做事，又和我合夥那麼久，你怎麼能還不瞭解我。假如必要，我會親手把這隻癩蛤蟆拋進絞肉機，把他每一文錢都擠出來的。」

第廿三章　心中的結

在墨西哥市我收到來蒙・裘拉多一封電報。電報上只有一個姓氏：西牛拉厲。下面就是洛杉磯一個街名和牌號。

「這什麼玩意？」白莎問。

「顯然是一位厲太太在洛杉磯市的地址。」

「豈有此理，」白莎怒道：「別給我兜圈子，我再笨也會知道這是一個地址。你到底以為你能騙誰。」

「沒有。」

「那就別試，到底這是什麼？」

我說：「顯然是來蒙，裘拉多給我禮貌一下。」

「禮貌什麼？」

「有關一些不在他自己管區，超出他勢力範圍之外的事。」

白莎說：「有的時候，我真想把你的心連根挖出來。」

我說：「事實上，也是他良心發現。」

「發現什麼？」

「和古時候用生人來祭神一樣。現在，我們該忘掉工作，先來調查一下，什麼地方有正宗的墨西哥餐吃。」

「我想，」她生氣地說：「你永遠也不懂得對白莎也禮貌一下。」

「那是你的意思。」

「去你的什麼禮貌，你和裘拉多一票貨。」白莎不屑地說。

於是她出去，去找好的餐館。

第二天我們離開這個高原城市，回到美國去。

一路上，我看到白莎在想心事。快近國境，我們沿海岸線在加利福尼亞灣上空向北飛。海水因太陽發出黃金色鱗狀反射。白莎湊向我，低聲道：「唐諾，是什麼人殺了麥洛伯？」

「我不知道。」

「為什麼你不知道？」

「因為，我還沒有知道麥洛伯為什麼要被殺。」

「你知道了麥洛伯為什麼被殺，你就知道什麼人是兇手了嗎？」

「至少有幫助。」

白莎臉色泛紅。「說下去，」她說：「你儘管你自己神神秘秘，看有什麼人會來關心這種事。」

她一下把頭轉向窗口，故意去看窗外景緻。

我把座椅調整，讓單調的引擎聲和軟而舒服的坐墊，把我自己入眠，醒來時已在墨西加利上空了。

在我們快到洛杉磯時，柯白莎熬不住了，她問：「唐諾。在這件案子中，我們到底可以弄到多少錢呀？」

「我不知道。」

「但是，你最好能弄清楚。」她說：「今天一整天我們又浪費了。等我們把旅行費什麼的一結清——老天，我們可要糟。」

我說：「我有什麼辦法？」

「別告訴我你沒辦法，幫不上忙。你推卻夏合利要給我們硬梆梆的現鈔，只因為你認為他在騙我們。」

「你知不知道，假如我們收了錢，替他做事，現在我們會在哪裡？」

「哪裡？」

我說：「幸運點嘛你仍在美塞顏。不幸運的話、會在熱帶叢林什麼地的監牢裡做苦工。」

「監牢，喔！」白莎道：「夏合利又沒有在裡面耽多久。」

我說：「夏合利會說他們的話，懂他們習性。再說要花很多錢才能賄賂到可以出來，不知賄賂款你能不能開公帳？」

「只要出來，我不在乎錢。」

「有沒有聽說過經過一個翻譯，向牢頭賄賂買放的？」

「閉嘴！」

我們乘機場巴士進城。「準備先回辦公室嗎？」白莎問。

「不去。」

「那你就別去。」

「謝了，我先不去。」

白莎生氣地離我而去。我取了我的公司車，開車去葛多娜的平房畫舍。

多娜來應門。「哈囉，」她說，一面給我她的手，一面臉上含著微笑。「請進來。」她說。

我進去，坐下。她說：「我想要謝謝你，我一直想和你聯絡。你的秘書說你根本不在國內。」

「有什麼特別事嗎？」

「只是要謝謝你，你對我很好，每件事你都為別人設想。我認為你是好人。」

我說：「我根本不記得我做過什麼好事。」

「笨蛋，別那麼謙虛。你去哪裡了？」

「哥倫比亞。」

「南美洲那個哥倫比亞？」

「是的。」

她臉上亮出紅光：「南美去旅行一定十分過癮——真令人羨慕。你來回也真快。」

「沒錯。我像是找到了些東西。」

「什麼？」

「你認不認識一個男人叫做費律潑·繆林杜？」

她大笑。「那還用說。不過，我不是說認識他本人。我想麥洛伯說起過他，他是那個礦場的經理。」

「麥格伯怎樣說他？」

「也沒什麼，只說他是個很好，有工作熱誠，可靠的人。我想他不識字，也不會寫字。但是他誠實，這是最重要的。」

我說：「他死了。」

「他死了，怎麼會？」

「什麼炸葯突然意外地爆炸了。」

「喔！」

「意外兩個字目前尚有疑問。」

「你說這是——」

「謀殺。」

「但是什麼人——為什麼要殺他呢？有什麼理由呢？」

我說：「這一點要是我知道了，連什麼人殺麥洛伯也可以知道了。」

「你說他們兩個人的死，有聯帶關係？」

「我認為如此。」

「但是我不能瞭解，兩個兇手，相隔那麼許多千里路——」

她停下來大笑，又神經地說：「我想我弄糊塗了。我的意思是兩個死人相隔那麼那麼遠，我想不出兩件事會有什麼關聯，他們不是一件事呀！」

我說：「多娜，你為什麼緊張到那種程度，話也講不清了？」

「沒有呀，我沒有緊張呀。」她固執地說。

「你有點神經，話講快了，還有點口吃。」

「又如何？我有權愛怎樣講話，就怎樣講話。再說，任什麼人討論到兇殺案，能像早餐桌上討論天氣一樣自然輕鬆嗎？」

我說：「你什麼時候第一次想到，是你母親殺死麥洛伯？」

她臉色一下發白，所有臉上的化妝色彩一下形成強烈的對比。「我不知你在說什麼。」

「再想想。」

她說：「賴先生。我很喜歡你，我以為——你很好，非常好，但是，現在——」

「別管你認為我怎麼樣。」我說：「你在什麼時候第一次想到是你母親殺死麥洛伯？」

「她沒有殺他。」

「你自己在壯自己的膽。你到底什麼時候下了結論，是你母親殺了麥洛伯？」

「我不願意說這件事。」

我說：「一定另外有一些事你知道，但是你不曾對任何人說過。但是，這件事可一直在你心中成為一個結。我建議你能對我說。」

「我抱歉，」她說：「我想我們永遠也不可能成為朋友了。」

我說：「當然我也可以打個電話給佛山警探，由他來向你問詢，其實我是真心要幫助你的。」

「用把謀殺案釘在我媽媽身上，來幫助我？」

「用發現事實來幫助你，事實是早晚會發現出來的。」

她坐在那裡不出聲，我又說。「多娜，我很抱歉。我希望你能向我求助，而我希望能幫助你。但是照目前情況看來。我們可只能讓警方來問你了。」

「你怎麼還說能幫助我呢？」

「我不能確定，目前尚還無法告訴你，我一定要知道了全部事實，才能找出幫你忙的方法。但是我知道得很清楚，你媽媽抽出一把刀，拋向你，你以為我沒看你的時候，你換掉了一把刀。你現在到底說不說？」

「那天早上，我媽媽和他有個約會。」葛多娜咕嚕地說。

「有沒有任何人告訴你不能對任何人講？」

「我媽媽。」

「她怎麼講？」

「她說她不得不取消約會，所以她沒有見到他。」

「你相信她？」

「不，我知道這不是事實。」

「你知道她見到他了？」

「是的，我想是見到了。」

我說：「我告訴你一些我自己推理出的情況好了。之後，你再坦白的告訴我其他的。」

「試試看。你說你的。」

我說：「夏合利和麥洛伯因為侯珊瑚死亡，做了信託人。信託的財產中，有一些礦產，他們也任由他自由開採了一陣子。由於開礦技術有進步，於是兩人也添置了些新的設備，礦裡的出產也有了增加，信託的基金也漸漸滾大。信託金下有兩個受益人，兩個人彼此約好要公平、誠實、不分彼此。但是兩人中女性那一個長大後成為活潑，美麗，青春而有吸引力，完全催眠住了兩位男性的信託人。這兩位男人到了一大把年紀，很容易自以為是，改變自己意見了。」

多娜只是坐在那裡，看著我，什麼也不說。

我說：「費律潑．繆林杜成為所有那些礦產的經理。他的薪水是很不錯的，他也儲蓄了不少錢。他死後，在美塞顏銀行裡也留有不少存款，對一個從未唸過一天書的人來說，成就真是不凡的。」

「你到底要說什麼？」她問。

我說：「三年前，麥洛伯發現河上有一處石層分佈，十分有希望。他調查後，把產業局部封閉。他自豎坑挖下，挖進橫坑，然後故意把礦全部放棄，所有工作停止。」

「為什麼？」她問。

我說：「那是表面而已。事實上，費律潑．繆林杜繼續在那裡開採。那是個翡翠礦，他們開出了大量的翡翠。麥洛伯定期的飛下來到哥倫比亞。他是個出名的人，有信譽，可靠的生意人。當然，兩國都有海關，但是對麥洛伯這種已有信譽的，只是隨便問問，不會搜查的。事實上，除非事先有人告密，海關自己查出走私的本來也不多。」

「是的，我以前也聽人說過。」

我說：「麥洛伯走私了很多未經切割的翡翠進這國家來。這些翡翠由本地的一位尚未露面的人在國內切割。」

「切割之後的翡翠又如何？」她問。

我說：「夏合利和麥洛伯專門收購古老的首飾，那個切割的人，可能也負責把古老首飾上的鑽石或其他寶石取下，代之以翡翠。他們可能另有市場交易，我不知道。但是，用這種方法，他們售出不少翡翠而不驚動翡翠市場。這種工作本身是十分困難的。因為鑽石市場最多流言，而翡翠市場在全世界都受控於哥倫比亞的政府。

「夏和麥兩個人有他們特殊的困境，因為他們既無法申報翡翠買賣得來的利潤，也不能說來自信託基金，如此就背棄了信託的受益人了。顯然他們和羅秀蘭談過了，其結果，他們有了三個人的約定，不足為另外任何人道的了。

「然後，有這麼一天，麥洛伯太不小心了。他忘了他的寵物小烏鴉。他正在對他的翡翠工作，但是他一定要出去一下，他把翡翠留置在桌上。當他回家時，桌上的翡翠不見了。一度，他不瞭解翡翠是如何不見的。然後他抬頭見到潘巧，那隻烏鴉。可能烏鴉站在牠籠前，嘴裡銜著一顆翡翠。

「那個時候，假如麥洛伯善待烏鴉，把牠叫下來，他可以自牠口中拿下翡翠來。但是烏鴉看得出他在生氣，他會處罰牠。烏鴉銜了那翡翠，想自那屋頂的小孔中飛出房去。麥洛伯不願意翡翠曝光。他急急抓起他點二二口徑的小手槍，匆匆開火。烏鴉匆匆自閣樓三角窗下小孔飛出，子彈沒打到烏鴉，差了一點點。麥洛伯進退兩難了，他知道翡翠是烏鴉偷走的。他有一種想法，烏鴉銜了翡翠是飛到你這裡來的。點點數，他發現少了五顆翡翠。他知道這一定要向夥伴解釋。但是潘巧到底會不會把翡翠亂拋一通，無人能確定。他一度不知怎麼辦才好。

「突然他想到了一個高招。他取出他曾經最後一個拿出去估價的墜飾，把上面翡翠統統自鑲座上取下來。他把已經沒有寶石的空墜飾放桌子角上。放兩顆翡翠在桌上，六顆翡翠在鳥籠裡。於是他準備出門，多半是想來找你。假如你見到過翡翠，或是任何人見到烏鴉和翡翠，他會說，他正在鑲這墜飾，而烏鴉把翡翠銜在嘴裡一次次飛掉了。於是他會把你帶去他的住處，你自己會看到他在說實話。你會看到那首飾在桌上，上面有十三個鑲寶石的空位，二顆在桌上，六顆在鳥籠裡，當然五顆不見了。」

她現在用張得大大的眼睛看我，她輕聲地說：「說下去，之後怎麼啦？」

我說：「不巧的是，當麥洛伯正要出門來看你，告訴你有關烏鴉的事的時候，也許電話響了，也許他要打個電話再出門，而正當他在用電話的時候，房門開了，有人進來了。這個人一定是麥洛伯信任的人——一定是和麥洛伯有私交，可以隨時進出的人。他擺手叫來訪的人自己坐，他繼續地在講電話。」

「之後呢，」她問。

我說：「然後，大概他快要說完話的時候，那個人很輕地，很熟練地，自他背後接近，一下把一把刀子自背後插進他肋骨之間。」

「那些翡翠又如何，怎麼啦？」

我說：「麥洛伯處有八顆。在你柴房裡我找到了五顆。警方在麥洛伯洗手池下水管中又發現了五顆。」

「那不是多出來了嗎？」她說：「你不是說墜飾上只有十三顆嗎？」

「沒有錯。」我告訴她：「但是烏鴉是不識數的。牠並不知道應該把翡翠數目加起來還要平衡。」

「那個殺人的是什麼人？為什麼要殺人？」

我說：「要解開這個謎，首先要對繆林杜怎麼會被選上做礦場經理的事瞭解。我們也必須瞭解，繆林杜之死和麥洛伯之死有何關聯。更要知道，為何夏合利轉而要對付麥洛伯了？」

她說：「我告訴你一件事，也許有幫助。」

「什麼？」

她說：「羅秀蘭對夏合利特別親密，對麥洛伯不過爾爾。」

「你怎麼知道？」

「也沒有特別明顯證據。」她說：「各種小事湊起而已。我認為你說的一切都是實情。不過我認為兩人過節都是由於麥先生太多心引起，他認為羅秀蘭——和夏先生太親近了。」

「私下的？」

「我沒有這樣說。」

「我在說。」

「我不知道。麥洛伯不知道。不過他有這個想法。」

「你再說，還有什麼？」

「麥洛伯和夏合利是老朋友。不是親密朋友，但相處不錯。麥先生比較遁世。夏先生喜歡交際應酬。然後，有什麼事發生了，我不知詳情，麥先生叫我媽媽去看他。」

「什麼時候？」

「他死亡的那天早上。」

「你媽媽見到他了？」

「有。」

「什麼時候？」

「大概九點半。」

「發生什麼事了？」

「我不知道，那時事情尚未發生，是嗎，賴先生？」

「假如九點半她見到他的話，應該尚未發生。是九點半嗎？」

「她告訴我是九點半。」

「她什麼時候告訴你的？」

「那天下午。她神經得厲害，我知道一定發生了什麼可怕的事。她不斷打電話找夏合利，但是找不到。她又打電話找羅秀蘭，要去看她，但秀蘭到第二天才准她去看她。」

「又怎麼樣？」

「於是她用電話找到了夏先生，夏先生告訴了她些什麼，她就大大的安靜下來。她仍緊張，但大致言來好多了。」

「那又是什麼時候？」

「已經是下午了。秀蘭她——她像個皇后。我知道媽媽有時討厭她，但秀蘭一直喜歡我媽媽，媽媽常要我能學一學秀蘭。媽媽崇拜這種生活——休閒，社交。我怎麼也不認為是合適的。」

我想了一下說：「現在你所說的，已經漸漸接近我所要的了。」

「要的什麼？」

我說：「我目前，最最緊急需要的，是和你一起出去拜訪一個人。」

「什麼人？」

「西牛拉厲，你認識她嗎？」

「西牛拉厲，」她跟了我念道，一面在猛想。她說：「姓厲的？不認得，我不認得什麼厲太太，她也住在這個城裡嗎？」

「她是住這城裡的。」

「找到她要對她說什麼呢？」

「我不知道。」

「你是說要問她問題？」

「是的。」

「那為什麼要我去呢？」

我說：「我要一個證人，我要一個翻譯。」

「而你選中了我？」

「是的。」

「為什麼？」

「因為我想，也許你對這件事的進展有興趣。」

「對麥洛伯被謀殺這件事？」

「是的。」

「好，我跟你去。」她簡單地說：「只是萬一有危害我媽媽的——我不會——假如我媽媽——」

「你知道你母親老帶著一把刀的？」

「是的。」

「而且她會飛刀？」

「是的，她常說女人絕不可以完全沒有自衛的能力。當我是小孩的時候，她就告訴我，教我。」

「教你什麼？」

「飛刀呀。」

「喔，我明白了！你學了沒有？」

「學了。」

「你也帶刀嗎？」

「不帶。」

「從來不帶？」

「從來不帶。」

「烏鴉現在哪裡？」我問，突然改變話題。

「應該在柴房鳥籠裡。」

「牠想念麥洛伯嗎？」

「一定是非常想念。你知道警方幹了什麼？他們在牠老是飛進飛出的地方蒙上了一塊綠紗，牠就進不去了。牠一次一次飛過那裡，試了一次又一次，最後用嘴去啄那紗網。看牠如此，真是個悲劇。我叫牠的時候牠會回來，是我把牠帶回來的。牠心碎了。」

「你很喜歡牠？」

「是的，非常喜歡。」

「牠也喜歡你？」

「是的。現在牠沒有了麥洛伯，牠只好靠我了，真是值得同情。」

「最近畫了畫嗎？」我問。

「你為什麼問這個？」

「我自己也不知道，只是有興趣而已。」

「我一直在工作。」

「賣出什麼嗎？」

「這裡一點，那裡一點。」

「最近呢？」

「沒有。」

「你母親給不給你錢？」

「你問這幹什麼？」

「因為我想知道。這比你想像中會重要得多。」

「不，我總是儘量自己靠自己生存，媽媽一直對我在做的工作不予贊同。我常有青黃不接的時候，但是我不也過來了嗎？」

「純靠你自己的作品？」

「老天！這怎麼可能。」她說：「我以前告訴過你。我畫一段時間畫，然後我一定得去找個工作。你要相信我，我工作的時候，我省下每一分錢。我是個守財奴，之後我又回到我的藝術天地去。」

我說：「不知怎樣的，你使我想到畫中那個女郎，站在那裡風吹著她的裙子。」

「看向海平面之上？」她興緻高高地說。

「看向海平面之上，看過畫布，看到未來。我想你畫的時候一定投入了全部力量。」

「我畫每一張畫都投入全部力量。可能這是賣不出的理由。」

我說：「亂講。賣不出去，是因為這些人沒有停下來仔細地看你這些畫。出版商們要的是半裸的美女，他們印在月曆上銷路好。他們不懂真正的藝術，你的畫中有情節。我現在懂得好的藝術品本身會講話，可以傳遞訊息，可以給人共鳴，給人希望。放心，有一天你的畫會有人搶著買。到那時候，會以葛多娜的畫為風尚，出現一陣流行。」

她用雙手捧住我的臉，用力地擠。「你真會給我打強心針。」她說：「老天，我總儘量不使自己洩氣。但是——但是——算了，唐諾。請你不要對我媽媽——」

我說：「走吧，我們去拜訪西牛拉厲。」

第廿四章　換嬰的故事

那個地址是在破陋地區的一座年久失修房屋。房子的主人在廢物利用，在房子被推倒重建之前，要出租出每一分錢來。附近都是庫房、小工廠——噪音、廢氣味，擠在一起。假如沒有這些破舊房子，土地可能更會值錢一些。

我們找的地址是一座沒油漆，沒有裝飾，門前階梯簡陋，有點傾斜的平房。

我們爬上門廊。沒有門鈴。我只好敲門。

半晌，裡面沒有反應。我又敲門。我們再靜靜地等候，鄰居的咒罵聲使我們非常失望。什麼地方垃圾冒出氣味，又有人在燒廢物，氣味經過大氣稀釋，但滯留在這附近，變為很不能忍受的惡臭味。

我決定放棄，要返回我汽車的時候，我才瞭解我期望於這位厲太太能提供我的太多了，所以我大大不快，失望。

「再試一次。」多娜提議道：「也許——也許她又老又聾。我有一種預感。再試一次——大力一點敲。」

我敲門，這次甚而過分些，我用腳踢門的下半部。

裡面回聲消失後，我們站在有怪味的門廊上再等。多娜把手握住我的手，指甲掐入我的手掌心。她在靜聽，而且暫時停止了呼吸。

突然她說：「我聽到聲音了——有人——有人來了。」

這時候，我也聽到了——穿了拖鞋慢慢在沒有地毯的地上曳足而行。

門被打開一些。

一個女人粗啞的聲音，哽哽地道：「是誰呀？」

自問話的語氣，我得到暗示，那女人不可和她講理，也不會接受問話。她這種人只聽別人命令，會屈服於高壓的手段。出這種聲音的人，一定是長期以來就被人使喚的。

我把肩部壓向門上，我說：「我們進來了，我們要見你。」

裡面的女人接受事實，認為是應該的。

我一手扶著葛多娜，引導她進入門內。房子裡充滿了廉價琴酒的味道。

屋後，廚房裡，自天花板垂下一條沾滿蒼蠅屎的紅色花線。花線下吊著的燈泡髒弱地發出紅紅的亮光。我帶多娜經過冷清清的走道，趨向燈光所在。

在我們後面，拖著單調、無力的曳步，那女人跟隨我們過來。

顯然，整個屋子中只有一個房間有傢俱，那就是混合多功用的廚房、臥室和客廳。水槽上的塘瓷早就碰光了，目前的顏色是銹色上加米色斑點。椅子沒有一隻成對，而且椅腳都修理過的。鐵的床架一度是白色的，現在是灰而髒的。床上的枕頭倒有一隻髒的枕套在上面。床上沒有床單，鋪在床上的是毛毯，另外有一條棉被拖在一角沒有摺疊。

跟在我們後面進來的女人，走進了燈光的範圍之內。是一位上了年紀的女人，而且這些年一定都對她不是太容易度過。腫腫的眼泡皮下面，有一對大大的脂肪袋。粗粗的白髮糾結在一起未經梳理。自皮膚、臉型看得出是印第安血統中雜了一些西班牙人的種。充滿皺紋的臉，又暗又重。

我指向一張椅子，好像我是這地方的主人，我說：「你坐下來再說。」

她坐下到我指定的位置，用不慌不忙，寧靜但好奇的眼光看向我。

在她後面，水槽下面，我看到一堆拋棄的雜物和垃圾。一隻琴酒的酒瓶瓶頸，戳出在這堆垃圾的最上面。在水槽裡，另外有半瓶沒有喝完的琴酒。

我說：「你認識費律滲．繆林杜嗎？」

她點點頭。

「認識多久啦？」

「他是我兒子。」

「寄錢給你用嗎？」

首次，她的眼神顯出要小心應付。「為什麼問？」她說：「你們是什麼人？」

我說：「還有什麼人給你錢用？」

她不吭氣。

我說：「我今天來是給你賺錢的。真不應該你——你們這些人——要住在這樣不好的環境。」我抬手比一比這房裡的一切。

「沒什麼。」她哲學地說：「尚不算太壞。」

「至少不算好。你應該有衣服穿，有較好食物吃，該有人幫你做笨重的工作。」

她的眼神又回復到無表情的不關心形態。

「沒什麼，」她說：「這裡夠我生活了。」

我說：「多久未去哥倫比亞了？」

「不知道，很久了。」

我說：「真是不該，你沒機會回去看看老朋友。你應該可以買些新衣服，有機票，每年回哥倫比亞一次、兩次，看看你的老朋友的。」

她有興趣地抬起眼來。「你是誰？有什麼辦法？」

我說：「一切由我來包，你想回哥倫比亞，是嗎？」

「你會說西班牙話嗎？」她問。

我說：「這位小姐會。」

那女人用西班牙話繞舌地爆出大堆的話，越說越快，越說越多。這些字連續地打擊我的耳鼓，有如頑童一面走路，一面用鉛筆去刮鄰家的竹籬笆。

葛多娜道：「她唯一願望是回哥倫比亞老家去，她的朋友都在她出身的家鄉。這裡，她一個朋友也沒有。」

我說：「這件事可以安排。我是專做這種事的經紀人。她肯相信我，交給我來辦，還可以得更多的錢。」

那女人聽到我說的，完全懂我的意思。但她看向多娜，在回答之前，她要多娜給她翻譯。然後她用西班牙話問：「他要什麼？」

我說：「你在雙苜礦場待了很多年？」

她點點頭。

「你是一個廚師，也是看護。侯珊瑚帶去那邊的小女孩是你帶大的？」

她想要點頭了，但是自己停下來。眼中又有留意和懷疑的表情。她轉向多娜，說道：「翻譯。」

多娜把我說的翻成西語。

西牛拉厲現在真正起疑了。她玩到這裡為止，似乎不願玩下去了。

我可不能半途而廢。我說：「帶回美國來的小孩，可不是侯珊瑚帶去礦場的小孩。在侯女士死亡後，有人換了嬰兒。礦場主管的太太把小孩換掉了，她以自己的孩子冒充，送來美國接受了大批遺產。侯珊瑚帶去礦場的小女孩變了葛珍妮的女兒，你知道這件事。這件事值很多很多錢。」

那女人不說什麼話。看著我，她露出貪婪的眼光。然後，遲遲地轉向多娜要求翻譯。

葛多娜自己恰看著我，一臉不相信有這種事的表情。

我說：「現在不是感情用事的時候。忘了你自己個人的涉及。老天！你快翻譯，說給她聽。」

女孩和西牛拉厲用西班牙語交談。老婦人用單音回答她。葛多娜用更多的西語，還加上各種手勢。單字自多娜嘴中像機槍開火地射出來，老婦人仍用簡單的話回答她。葛多娜又用了一些字，這次西牛拉厲開口了。一面說，她一面增加速度，慢慢也變了恨不能一次說完了，臉上表情也越來越豐富。過了一下，她停下來。

葛多娜轉向我。她眼光惶惑，受創，她雙唇顫動，但是說話尚能鎮定。她說：「是真的。這位太太不知道由於調換了女兒之後，這——這位葛珍妮有多少好處。她認為調換女兒只是掩飾一件法所不容的小事。她願意把一切交給你來辦理。」

我說：「有一件事，十分重要。問她麥洛伯有沒有來找過她。」

西牛拉厲對這件問題根本不等翻譯：「那被殺的西牛嗎？」她問。

「是的，就是他。」

「他很好，他給我錢。」

「什麼時候？」

「他死前一天。第一天給我錢，第二天他死了。」

「你和他說話？」

「一點點。」

「還是有一點點。」

「是的，一點點。」

「你有沒有告訴任何人，他和你談過話？」

「沒有。」

「一個人也沒有？」

「絕對沒有。」

我對多娜說：「告訴她，她一定得向會記下她所說每一個西班牙字的人，再詳細地說一遍。說完了還要簽字存證。那樣，她會有錢買衣服，回哥倫比亞去拜訪她的老朋友們。我會替她做經理人，一切包在我身上。」

這些話仍沒有必要翻譯。西牛拉厲是久久習慣於聽天由命的人。她說：「我同意。我們來喝一點。」

「現在不要。」我說：「我們不喝。」

我轉向葛多娜。「打電話給警察總局。找宓善樓警官，叫他找一個西班牙語速記員，找一個公證人，立即到這裡來。」

「我們可以把她帶過去呀。」多娜說。

「我要他到這裡來看一看。我要他就在這房間裡聽她說這故事。這樣印象會深一點，再說，我自己一定得盯住她，絕不讓她離開我視線。」

「能不能我們到他那裡給他解釋——」

我說：「我才離開過一個證人，足足一噸炸葯在他身後爆炸。我抱歉，你只好一個人用我的公司車去找公用電話，我在這裡陪這位太太。我不要在寫好證詞前，她有什麼意外。」我又加一句：「你懂得這是什麼情況嗎？」

她說：「唐諾。我也一直在想，這會變成什麼情況。」

於是她走出去。留下我一個人，在一間髒亂的廚房裡，面對著一位老婦人，嗅著不衛生，有琴酒和垃圾味的空氣。

第廿五章　唐諾的推理

西牛拉厲用發抖的手簽了一張證詞書。宓善樓警官用吸墨水紙印乾了墨水漬，把證詞書摺了兩摺，放進上衣口袋之中，示意地看著我。

我跟了他走向有回音的走廊，來到有點斜的門廊。

「怎麼樣？」宓善樓問。

「你能不能暫時留置她一下，算是重要人證？」我問。

「什麼東西的人證？」

「麥洛伯謀殺案。」

他說：「你不會是自己想撈一票吧，唐諾？」

「怎麼撈？」

「那老女人唯一能證明的是在哥倫比亞，一個礦業小城裡，一件換嬰的故事，何況要完成證明，尚還要費很多周章。叫一個老女人簽張證詞是一回事，要一個證人站在法庭上，經得起對方律師的交互詰問，是另外一回事。要不然，全美國的遺產繼承人都會飽受威脅了。你以為法官是那麼容易相信的？光請請律師，還得花幾千元呢。像你這樣天真，每一個小漂亮都可以站起來試試，自己是不是小時候被人從有錢人家換出來的——」

「你還沒有瞭解呀？」

「老實說，沒有。」他澀澀地說。

我說：「換嬰的事把它忘了。你全力於麥洛伯的謀殺案好了。」

「又如何？」

我說：「夏合利和麥洛伯是兩個信託人。表面上看來，羅秀蘭是葛多娜，或是葛多娜是真的羅秀蘭，都沒有什麼關係。但是一旦牽入翡翠的分贓，情況就不同了。那是一塊肥肉。夏合利、麥洛伯和羅秀蘭，誰不想沾點油水？」

「好吧，好吧，」宓善樓道：「就算大家要想沾點油水。這和麥洛伯被幹掉有什麼關係？」

「完全沒有。」

他出乎意外地看著我。

我說：「我的推理，是夏合利先知道了繆林杜的故事，於是夏合利把繆林杜放在礦場裡做經理。我們假設麥洛伯是翡翠走私中一員，但也僅限於此。他對換嬰一事並不知情。夏合利參與換嬰案，為的是自己的好處。」

「怎麼要那麼多假設？」宓善樓道。

「可以說是，也可以說不是。你應該見一下『合利叔』和羅秀蘭在一起時的鏡頭。然後，你就不會認為是假設太多了。」

「喔，喔。」宓善樓道：「是這樣的嗯？」

「是這樣的。」

「說下去。」

「在出事那一天，麥洛伯準備有所行動了。有人告訴了他內情，他準備出擊。他去看了西牛拉厲，他用電話招來葛珍妮。他對她們所說的話，招致了背上刺上飛刀。」

「飛刀？」

「是的，葛珍妮是飛刀能手。不但如此，而且她認為所有年輕女孩都該學這麼一手。」

宓善樓蹙眉了。

「目前，」我繼續道：「羅秀蘭決定對霍勞普玩聖誕老人的把戲。她去過他的住處，給過他兩千元錢。」

「為什麼？」

「因為他們知道，霍勞普申請了一張去南美的護照。他們不要他去南美。假如他要去，夏合利要跟下去。他們請白莎來跟蹤霍勞普——但是他們最希望他不去。有兩千元錢。應該可以把他留在家中玩馬了。這些事實，在在都顯示：在哥倫比亞發生了什麼事，他們不要別人知道。但是秀蘭花了兩千元錢到他的地方去，使她有機會在他住處弄到了一些綠色有毒結晶，也給了她一個機會，用打字機打了個地址。所以，她的走一次也不是白走的。」

「說下去。」宓善樓道：「不要停。我在聽。目前我有時間，聽聽無所謂。」

我說：「有兩個人非常關切，假如麥洛伯知道了繆林杜的秘密而準備說出來，會有什麼結果。一個是葛珍妮，一個是羅秀蘭。」

「一開始你是怎麼知道的？」宓善樓問。我看他是在拖時間。

我說：「很多小事情。我見到過葛珍妮，她為小事對應該是自己的女兒發怒。但是，後來，我又在羅秀蘭家裡見到她；她服侍秀蘭無微不至，像是前世欠寵壞了的子女的母親一樣。

「我在這裡聽到的說法是，葛珍妮在這裡生活得像個貴婦，因為在哥倫比亞她工作得像隻狗，積下每分錢來。但是我在哥倫比亞聽到的，恰是她在哥倫比亞生活得像貴婦，在美國她死命工作以賺鈔票。繆林杜，那目不識丁的礦場經理，在哥倫比亞銀行裡有大筆存款。繆林杜有些消息，他想拿來換取鈔票，這件事和女兒及護士有關。把這些湊在一起，再來看葛珍妮和羅秀蘭的面貌相似點。再看看葛珍妮和葛多娜無論外表內在沒有一點相似。老天！任何人不必要做偵探，都會明白其中的情節。」

宓善樓自口袋中掏出一支雪茄，用牙齒把尾端咬掉一小段，把濕的菸草一口吐在地上，擦上一支火柴。「混帳的，亂七八糟！」他說：「一點頭緒也沒有。」

我說：「那個殺掉麥洛伯的人很會玩刀子，那個人和他在同一房間內。把你自己放在麥洛伯地位看一下，你發現了羅秀蘭是假冒的資料，你相信資料是真的。但是你不是從背後陰損人的人。有了這個資料，你要叫什麼人來？當那個人來了之後，把事情弄清楚了，你又要打電話給什麼人而說：『請你到這裡來。這裡有一件——』」

「你是指另外那個男受益人？」宓善樓打斷地說。

「正是，」我說：「你會找霍勞普，說明你發現什麼十分重要的事，你說在哥倫比亞有證據可以找到——正在這時候，一把匕首就永遠封住了你的口。」

「然而，霍勞普又為什麼不直接到我們警方來，告訴我們電話中他聽到了些什麼？」

「霍勞普沒來找你們，反而決定去南美，做一點調查工作。你想他為什麼要如此？」

「但是，我認為麥洛伯是在南美得知的換嬰消息呀。」

「沒錯，但是麥洛伯要有證明。他回到這裡來調查，他花了不少時候才找到了西牛拉厲。等他和她談過話後，他叫葛珍妮來看他。她看到他緊張了。她逃跑出去，想要找夏合利和羅秀蘭。她和夏合利在下午見了面，夏合利告訴她些什麼。使她大為放心。」

「你認為她緊張兮兮，因為她殺了麥洛伯？」

「因為她以為沒有殺死他。但當她知道麥洛伯死了，她就安靜下來。」

「假如像你所說，一個疑犯都沒有了。」

「只有一個。」

宓善樓像每次有困難待決時一樣，他摸摸自己的一頭硬髮。「賴，你這小子，」他終於說道：「除了推理，你根本沒有證據呀！」

「哥倫布有嗎？」我問他，自己回進屋子去。

第廿六章　終於認罪

白莎的聲音中滴得出溶解了的白脫油和糖漿。像是週日早上的甜餅。「唐諾，好人。」她說：「你來看一眼，一切都準備好了。」

洋洋得意地，她打開一扇門，門上漆著「賴唐諾，私人辦公室」。

那是一套兩間的辦公室，外間小一點，但亮光充足，卜愛茜坐在那裡，仍是拚命地在打字。在她後面，另一間辦公室的門開著，裡面傢俱有如百萬富翁辦公室。深的皮製座椅，光亮的核桃木辦公桌，厚厚的地毯。

「怎麼樣，夠格嗎？」白莎熱心地問。

我走向打字機，問卜愛茜道：「你在幹什麼？」

白莎說：「新來的小姐沒有她快。有些工作來不及趕工，我請——」

我一下把卜愛茜打字機裡的紙抽出來，交給白莎。我說：「前面辦公室裡的小姐假如做不完交給她們的工作，就得再添人手。卜愛茜要做我給她的工作。」

柯白莎深吸一口氣。「好的，唐諾。」她像鴿子求愛似地說。

卜愛茜向上看我，做著鬼臉笑道：「唐諾，我知道你為我好。但是我一生在工作。我每天來這裡，一天八小時，就是用這架打字機。不叫我工作，我——」

我說：「今天開始，一般秘書做什麼，你做什麼。出去買本電影雜誌，放在寫字桌第一個抽屜裡，把抽屜拉開一半，坐在那裡看。有客戶進來，你把抽屜一關，看起來像個打字機一樣公事化。客戶一進我辦公室，你又可以看書了。」

「唐諾，你知道我不會這樣的。」

我說：「每天不斷打字，把青春浪費了，把自己變成機器了。晚上睡覺時腦子裡都是字鍵，將來神經不衰弱才有鬼。你已經幹得太多，對得起本偵探社了。從今以後要輕鬆點了。」

她看向白莎。

白莎高興地笑著。「唐諾，」她說：「我還沒有機會告訴你發生什麼事了。我們進你的私人辦公室去，讓我來告訴你好消息。」

我說：「這裡夠私下了，你說吧。」

「麥洛伯謀殺案，你每一件推理都正確了。那個姓葛的小姐完全弄昏了頭，但是她感激得不得了。宓善樓則認為你是合作聽話的好小子。」

「怎麼啦？」我問。

「羅秀蘭終於認罪了。」

「她媽媽有份嗎？」

「她媽媽什麼也不知道。夏合利十分疑心，但他不願說一句話。那個繆林杜說了太多話了。他露了一些給麥洛伯，以為麥洛伯是知道的，但引起了麥洛伯極大的震驚。共同盜採翡翠是一回事，但是換嬰是另外一回事。麥洛伯回來這裡開始調查。幾經周折，他找到了繆林杜的母親。他問出不少話，使他相信確有換嬰這回事。他把葛珍妮叫來，迫使她承認有這個事實，她恐慌，所以說謊。但那時，麥洛伯已有了不少依據。他把羅秀蘭叫來，他告訴她，一切已露出來，不能再裝了。但他犯了一個大錯，他給霍勞普打電話，他背向羅秀蘭。」

我說：「據我推理，霍勞普知道這個裡面有文章，他不知道什麼，也不知道多少。他認為最可能的是盜用信託金，於是他決定自己去南美，自己來調查。」

「對的。」

「夏合利如何？」

「夏合利顯然對已發生的事大大的起疑，但他並未參與殺人。他去哥倫比亞，是因為霍勞普的關係。他要確定，霍勞普見不到可以使他瞭解真相的人。這也是他要我也跟下去的理由——幫他去對付霍勞普。當然，順便也是去取回新採出的翡翠。」

我問：「一開始，夏合利為什麼要我去查那翡翠墜飾？」

「因為，哥倫比亞秘密調查人員已經嗅出其中有問題，已開始跟蹤邱倍德了。所以邱倍德、夏合利和麥洛伯要設法使大家相信，在牛班明手上的墜飾確是哥倫比亞古董家傳之寶。那時哥倫比亞的密探已經盯上牛班明這一件墜飾了。

「夏合利決心把你弄進案子來。他安排好，你會發現一條線索把你帶到邱倍德那裡，又帶往麥洛伯，最後找到羅秀蘭。有關這件事，他們希望我們完全相信墜飾，以及墜飾上的翡翠都是古董，然後由我們來把消息傳給牛班明。牛班明事實上是個誠實的商人，自然會把這件事告訴已經發現翡翠市場稍稍有些不平衡，並找到牛班明店裡來的哥倫比亞密探。當時他們已盯住這個墜飾，在問牛班明問題了。這就是牛班明逼問夏合利的原因。

「麥洛伯死後，夏合利驚慌了，一度他認為是哥倫比亞來的人幹的，到底國家專賣是件大事。夏合利不知道他們國家為保護專賣，會付出手段到什麼程度。現在看來，當然是他蠢，但當時他不得不有此想法。反正他驚慌到失措的程度，倒是真的。

「邱倍德也慌了，他都快決定自首，向政府請求保護了。雖然邱倍德必須回頭去找他的舊帳本參考，但是，這個墜飾本來確是本婉律小姐的，上面也的確不是翡翠，而是不值錢的石榴石和紅寶石。謀殺案既然發生了，把墜飾本來的主人推回是本婉律，似乎比說是羅秀蘭的，要好一點。」

「於是羅秀蘭會說，這墜飾根本完全不是她的？」

「大概如此吧，但是，也許她不全知道邱倍德在幹些什麼。邱倍德一心要自己先脫離危險。」

「夏合利難道不知道秀蘭去看過麥洛伯？」

「我甚至不相信夏合利曾經懷疑過羅秀蘭會是兇手。他把自己交給她，像是把瘦肉交給狗一樣。」

「毒藥怎麼回事？」我問。

「秀蘭到霍勞普汽車廠去看他。她借他兩千元，以博取信任和友誼。友誼倒不見得得到，但是她見到一罐硫酸銅，罐上標有『有毒』字樣。她設法弄張紙，在那裡打字機上打了一個給葛多娜的郵寄地址。於是她打開罐子，把毒品倒了一半進她自己的皮包。此後，她把毒品在糖果中下毒。一開始也許她並無預定的計畫，但是用他的毒，對別人下毒是很好玩的事。當麥洛伯找葛珍妮時，羅秀蘭獨立出手，把糖果寄給葛多娜。多娜有個習慣，一切好東西都會留給珍妮的。秀蘭決心把多娜除掉，而且萬一案發，一切線索只會引到霍勞普那裡。沒想到珍妮吃到了糖果。可是，毒藥毒不死人，這一點羅秀蘭是不會知道的。是罐子上『有毒』給了她錯誤觀念而已。」

「夏合利一定是南美那件爆炸案的主角囉？」

「不是的，另有其人。是偷來翡翠案的另一要角，繆林杜的唯一助手，所有偷採勞力實際都由他一人負責，繆林杜直接指揮的。案子一發現，他以為炸掉繆林杜就沒有人會知道他也涉案在內了。在哥倫比亞，犯這種案子的罪是很重的。」

「多妙呀！唐諾。這下你給我們辦了一件好事了，姓葛的女郎要給我們一個分成的酬勞。夏合利願意計算一下所有從偷採翡翠得來的錢，到底這是從信託的礦裡開出來的。當然哥倫比亞當局要沒收翡翠，但是其中一部份已經變了現鈔了。我的律師說，信託基金一定可以先由信託人自由支付我們一筆錢，因為我們替他們做了那麼多事。唐諾，你這個聰明的小畜生。白莎沒有你，不知道怎麼辦！」

我說：「當宓善樓仍在感激我們給他破案線索的時候，告訴他這些事要完全保密，不可張揚開來。據我的想法，要把羅秀蘭送法院起訴，恐怕只能用傷害誤殺。」

「為什麼，這是第一級謀殺呀！宓善樓說證據確實。」

「宓善樓以為他有把握而已。」我說：「當她的律師把她放上證人席，她坐在那裡對陪審團員們笑一笑，把雙膝交叉在一起，她說麥洛伯這個人她一向以叔伯之禮待他，但是這一次他把她叫進閣樓上來，突然像野獸一樣對她發動性攻擊——」

「但是，唐諾。這一招沒有用的，麥洛伯當時在打電話呀。」

「要不要打賭，我說會變成傷害誤殺。一比一打賭。」我問。

柯白莎看著我，堅決地說：「不行，一比一我不賭。」

新來的接待小姐膽怯地敲敲門。

卜愛茜自桌後跳起來，跑到門旁把門打開。新來的接待小姐交給她一個又大又扁的郵包，「專差送來，要給賴先生的。」她說。

「看來像塊窗子玻璃。」白莎說：「愛茜，是什麼東西呀？」

愛茜向我看看，我點點頭。她把包裝拆開。

是一塊框好了的畫布。畫中一個高挑女郎站在船舷欄杆旁，穿條白裙看向海外，微風吹動她裙襬露出均勻的大腿。她的頭微仰，目光看的地方是遠方海平面稍高處，像是看到了遠景，看到了青春的夢想。

畫布右下角貼有一張卡片。愛茜把它遞給我。我看到卡片上清楚、有力的女人筆跡寫著：「唐諾，這張畫是你喜歡的。據你合夥人說，你自己的新私人辦公室今日開張，我希望你把它掛在牆上。對你的敬愛和感激都在畫上。你的多娜。」

相關精彩內容請見《新編賈氏妙探之11　給她點毒藥吃》

新編賈氏妙探之10 鑽石的殺機

作者：賈德諾
譯者：周辛南
發行人：陳曉林
出版所：風雲時代出版股份有限公司
地址：10576台北市民生東路五段178號7樓之3
電話：(02) 2756-0949
傳真：(02) 2765-3799
執行主編：劉宇青
美術設計：吳宗潔
業務總監：張瑋鳳

出版日期：2023年4月 新修版一刷
版權授權：周辛南
ISBN：978-626-7153-84-0

風雲書網：http://www.eastbooks.com.tw
官方部落格：http://eastbooks.pixnet.net/blog
Facebook：http://www.facebook.com/h7560949
E-mail：h7560949@ms15.hinet.net
劃撥帳號：12043291
戶名：風雲時代出版股份有限公司

風雲發行所：33373桃園市龜山區公西村2鄰復興街304巷96號
電話：(03) 318-1378
傳真：(03) 318-1378
法律顧問：永然法律事務所 李永然律師
北辰著作權事務所 蕭雄淋律師

行政院新聞局局版台業字第3595號 營利事業統一編號22759935

定價：299元

國家圖書館出版品預行編目資料

新編賈氏妙探. 10, 鑽石的殺機 / 賈德諾 (Erle Stanley Gardner)著；周辛南譯. -- 臺北市：風雲時代出版股份有限公司, 2023.01 面； 公分
譯自：Crows can't count.
ISBN 978-626-7153-84-0（平裝）
874.57 111019815